무심한 바다가 좋아서

무심한 바다가 좋아서

스트리트 포토그래퍼 임수민의 태평양 항해 일기

지은이 임수민 **발행인** 홍예빈·홍유진 **발행처** 미메시스

주소 경기도 파주시 문발로 253 파주출판도시

대표전화 031-955-4000 **팩스** 031-955-4004

홈페이지 www.openbooks.co.kr **email** mimesis@openbooks.co.kr

Copyright (C) 임수민, 2018, *Printed in Korea.*

ISBN 979-11-5535-128-4 03810 **발행일** 2018년 8월 10일 초판 1쇄

2023년 11월 25일 초판 4쇄

이 도서의 국립중앙도서관 출판예정도서목록(CIP)은 서지정보유통지원시스템 홈페이지
(http://seoji.nl.go.kr)와 국가자료공동목록시스템(http://www.nl.go.kr/kolisnet)에서
이용하실 수 있습니다. (CIP제어번호: CIP2018023303)

미메시스는 열린책들의 예술서 전문 브랜드입니다.

Sail to me

무심한 바다가 좋아서

스트리트 포토그래퍼 임수민의 태평양 항해 일기

미메시스+

엄마의 눈은 조용한 카페의 창문 같다. 바깥 세상을 아주 일부만 보여
주는 그 창문 밖으로 어제나 오늘이나 내일이나 같은 일상을 사는
사람들이 지나간다. 길에서 마주했더라면 얼굴 없는 행인이었겠지만,
김이 모락모락 나는 차가 식기를 기다리는 동안에는 창문이라는
조그만 무대 위를 걷는 연기자이다. 그들의 모든 것은 관찰된다. 바쁜
걸음걸이, 바람에 이는 치맛자락, 떨어뜨린 종이를 집으려 구부린
허리. 보이거나 보이지 않는 크고 작은 것들은 관찰을 통해 재미와
의미를 가진다. 얼굴 없는 행인은 어느 순간 대상이 된다.
엄마는 호기심과 여유로 세상을 바라보았다. 파랗게 화창한 봄날,
파스텔로 칠한 것만큼 부드러운 연보라, 연초록, 연분홍의 건물들이
일렬로 서 있었고 엄마는 그 거리를 걷는 어느 노인의 샛노란
스카프가 춤추는 모습에 감탄했다. 작은 산봉우리처럼 곧고 아름다운
엄마의 두 눈썹이 아래로 쳐지면서 커다란 두 눈이 실눈으로 감겼다.
나를 멈춰 세우고는 감탄의 말을 내뱉었다. 어쩜 이렇게 아름다운
순간이, 어쩜 이런 한 폭의 그림 같은 색감들이. 도서관을 가면서 수십
번도 더 걸었던 길이 엄마의 시선으로 새롭게 탄생되었다. 두 눈이

훤해지는 듯 갑자기 모든 것이 보였고, 더 이상 되돌릴 수 없었다.
엄마는 먼지처럼 작고, 행성처럼 찰나인 모든 것을 멈추고 보듬어서
전부가 되도록, 그것만이 내 시야를 덮도록 아름답고 소중하게 만들어
주었다. 그렇게 엄마는 작은 것들의 신이었다. 그리고 나는 그런
엄마의 딸이었다.

나는 비미니(요트 위의 앞과 옆이 트인 해 가림막)에 타원으로 난 작은
구멍을 통해 내 허벅지 위로 아른거리는 달빛을 알아보았고, 손으로
소중히 어루만지며 감사히 그 빛이 춤추는 것을 지켜보았다.

내 이야기는 이 세상 모든 작은 것을 위하여 시작하고 그것들을
위하며 끝을 맺는다. 모든 것이 거대하고 명백하고 빠른 21세기의
오늘날, 쉽게 놓치고 지나가는 수많은 작은 것을 지키기 위하여
집을 나서고 길을 걷는다. 작은 것들의 신이 기꺼이 되기 위해 나는
떠난다. 그리고 여기에 적는 이야기들은 현재를 살아가는 외로운 모든
영혼에게 바치는 나의 외로운 마음이다.

성공한 사람들의 이야기만 들어도 모자랄 판에 도대체 왜 실패한
이의 일기를 읽어야 하느냐고 의문을 품을지도 모르겠다. 실패한
모험이라니. 반대되는 두 단어의 조합이 얼마나 초라하고 무의미한가.
우리가 아는 〈모험〉에는 자고로 이런저런 필요조건이 존재한다.

1   아무도 해보지 못한 새로운 일
2   아무나 하지 못하는 도전적인 일
3   불가능해 보였지만 어떠한 결실을 맺은 일

위와 같은 조건에 부합하지 않는다면 누구나 매일 하다가 중간에
포기하는 일종의 시도일 뿐이라고 한다. 하지만 나는 모험이라는
단어를 새롭게 정의하고 싶다. 더 이상 모험은 특이하거나 잃을 것이
없는 사람이 하는 것이 아니다. 처음 시도하는 도전이자 두려움을
극복하는 것이라면 충분히 〈모험〉이다. 꼭 저 높고 험한 곳에 깃발을
꽂는 행위만을 모험으로 여기는 시선은 21세기의 모든 자유적,
자발적, 자아중심적인 이치에 어긋나지 않는가. 내 인생 최고의 혹은

최초의 실패를 통해서 발견한, 그 어떤 정의에서도 자유로운 상태인 모험을 공유하고 싶다. 애초에 모험이라고 부르기 어려울 만큼 위험이나 위협도 따르지 않았던 경험을 내가 〈모험〉이라고 부르는 데에 이 일기가 가치있다고 생각한다.

표면적으로 드러나는 나의 모험은 5개월 동안 요트를 타고 태평양을 항해했다는 것이지만, 내게 진짜 모험은 그것을 하면서 느꼈던 고립이었다. 이 세상에 태어난 사람이라면 누구나 느끼는 고독이 내게는 모험이었다.

사실 모험은 지극히 일상적이며, 일상 속에도 충분히 잠재되어 있다. 단어에서 오는 괴리감 때문에 여러분 스스로 모험가임을 잊지 않았으면 한다.

이제 나의 엉망진창 뒤죽박죽 태평양 항해기를 시작하고자 한다. 짠내 나는 바다 일기를 읽는 중에 여러분 눈앞에 수많은 색의 파도와 하늘이 아른거리길 바란다.

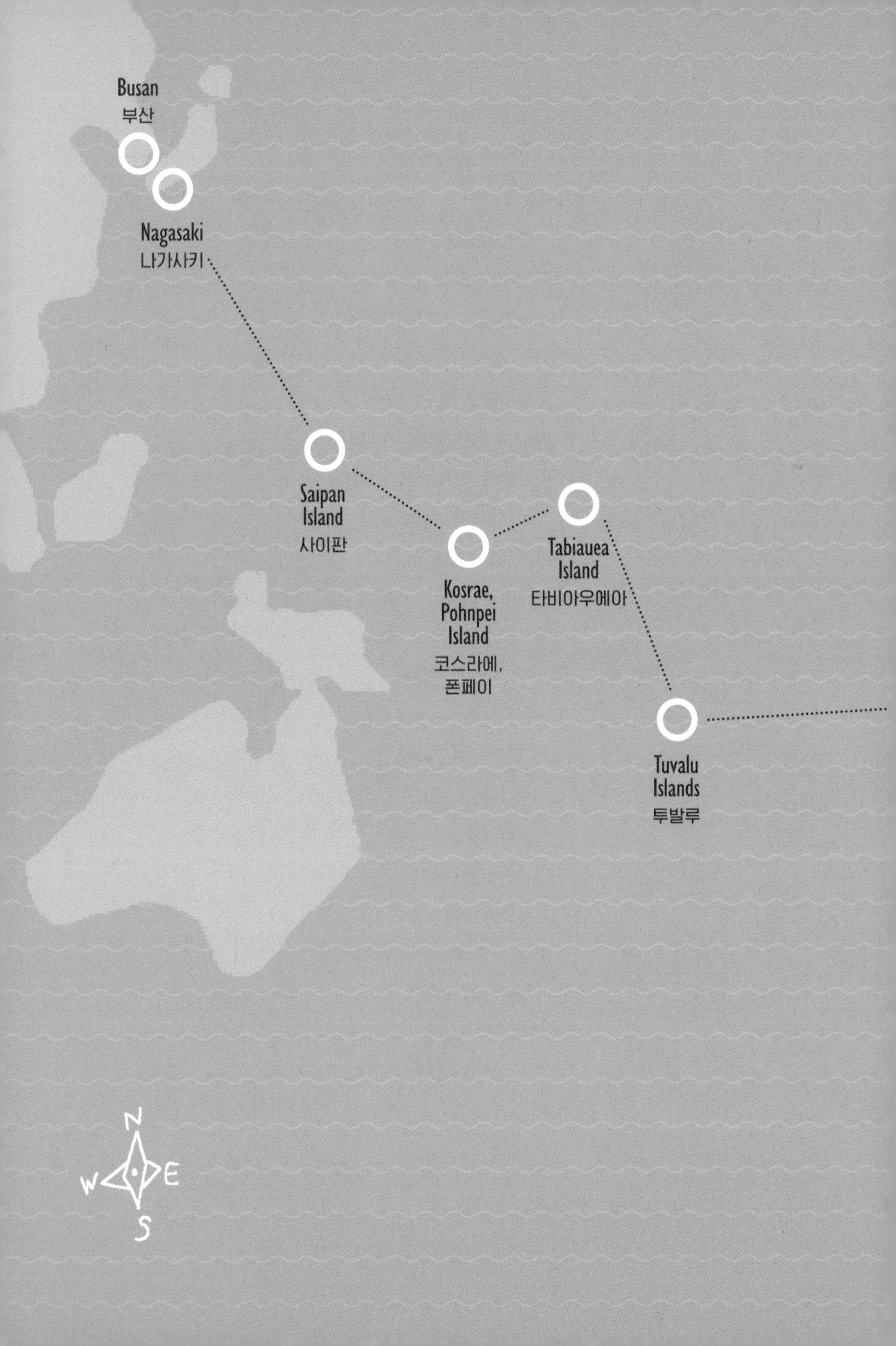

Busan
부산

Nagasaki
나가사키

Saipan
Island
사이판

Kosrae,
Pohnpei
Island
코스라에,
폰페이

Tabiauea
Island
타비아우에아

Tuvalu
Islands
투발루

N
W E
S

항 해 지 도
Panama to Busan

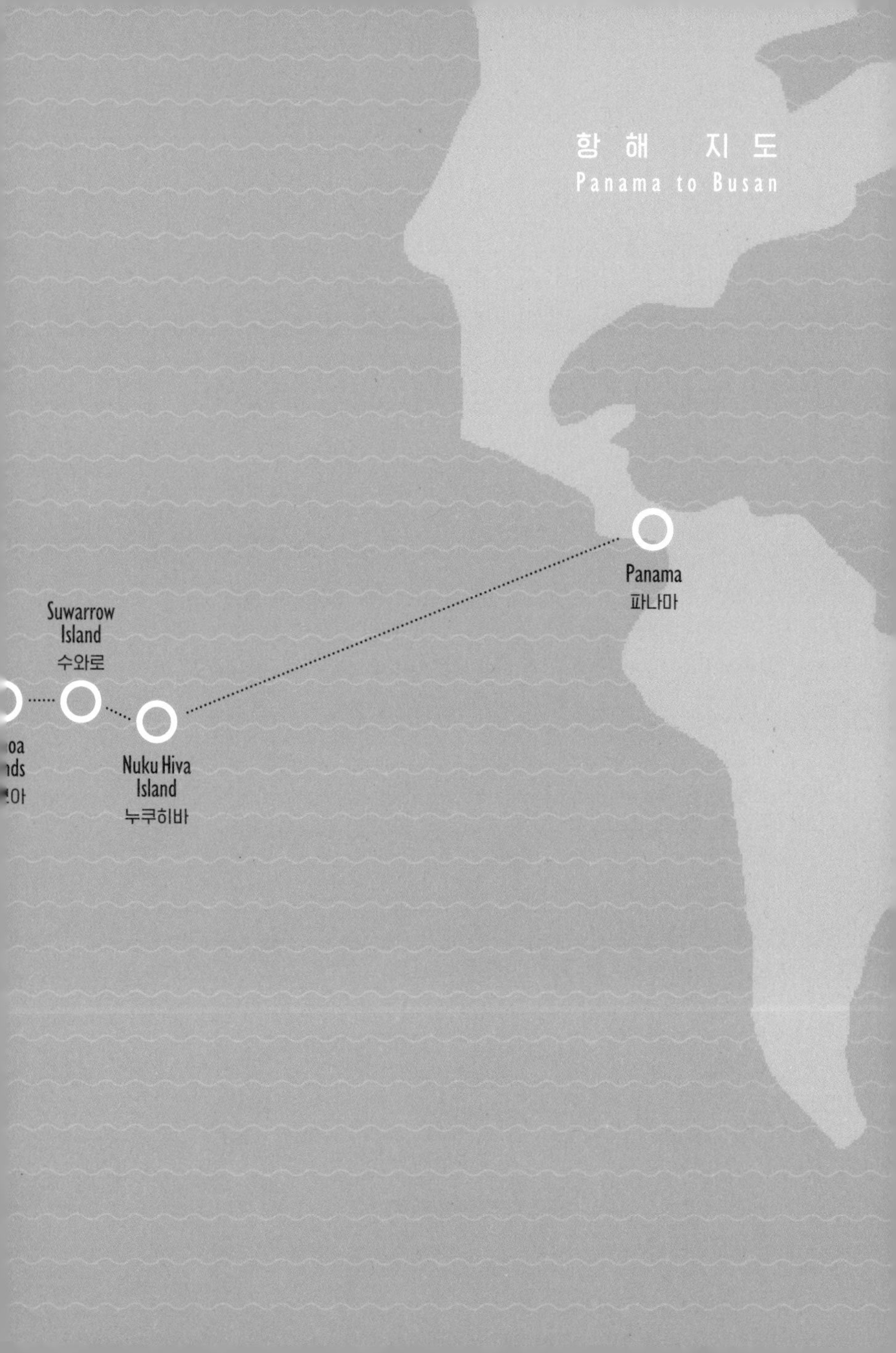

Panama
파나마

Suwarrow
Island
수와로

Nuku Hiva
Island
누쿠히바

oa
nds
모아

e s s a y s

항해
일기

FROM
OUTSIDE
OF TANOA
타노아의 모습

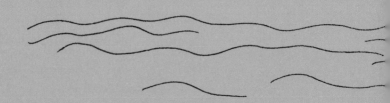

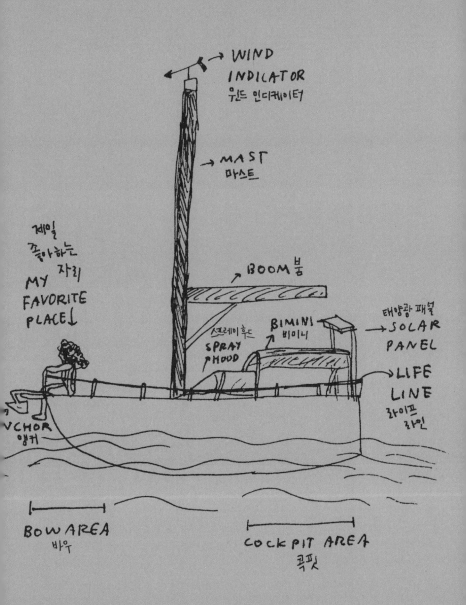

WIND INDICATOR
윈드 인디케이터

MAST
마스트

BOOM 붐

제일
좋아하는
자리
MY
FAVORITE
PLACE↓

스프레이 후드
SPRAY
PHOOD

BIMINI
비미니

태양광 패널
SOLAR
PANEL

LIFE
LINE
라이프
라인

VCHOR
앵커

BOW AREA
바우

COCKPIT AREA
콕핏

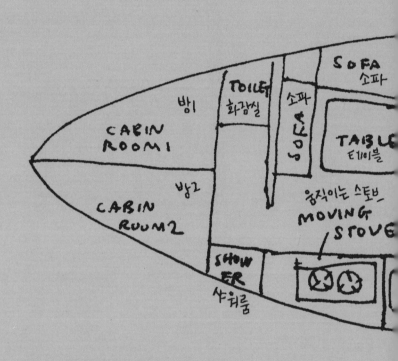

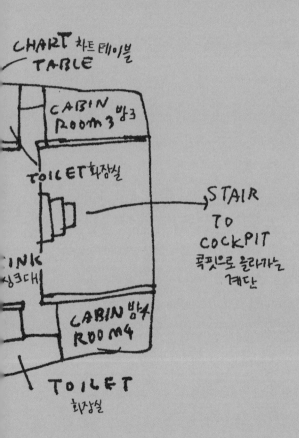

FROM
INSIDE
OF TANOA
타노아 내부

CHART 차트 테이블
TABLE

CABIN 방3
ROOM3

TOILET 화장실

STAIR
TO
COCKPIT
콕핏으로 올라가는
계단

SINK
싱크대

CABIN 방4
ROOM4

TOILET
화장실

머나먼 시작

〜〜〜

미국 뉴어크 국제 공항

새벽 비행기였다. 밤공기의 차가운 기운에 휩싸인 수만 개의 전구로 눈부시게 밝은 뉴어크 국제 공항에 도착했다. 다행히 보안 검색을 기다리는 줄에 사람이 별로 없었다. 그래도 긴장을 풀 수 없어 스스로를 다잡고 주변을 살폈다. 왼쪽은 남자 보안 요원이었고 오른쪽은 여자 보안 요원이었다. 누구를 선택할까.

사실 성별은 무관하다. 지금부터 내가 해야 하는 일은 철저히 그들의 기분에 달렸기 때문이다. 기분에 따라 마구 규칙을 유용하게 적용시키는 애매하고도 적당한 권력을 지닌 사람들이었기에, 나는 누가 덜 짜증을 낼까를 먼저 파악해야 한다. 남자는 어딘가 모르게 잠에 덜 깬 듯한 멍한 표정이었고, 여자는 신경질적으로 플라스틱 상자를 이리저리 내던지고 있었다. 남자 보안 요원이 있는 줄로 갈아탔고, 내 순서가 오자 일을 진행했다.

「이 가방 안에 든 것들은 흑백 필름인데, 죄송하지만 핸드 체킹을 부탁드려도 될까요? 엑스레이를 통과하면 빛이 필름에 잔상을 남길 수도 있거든요.」

수도 없이 말한 대사였다. 이제는 이 대사에 상대가 할 수많은 대답조차 외울 정도였다. 대부분이 〈이 필름은 감도가 400이라 통과시켜도 아무 문제 없어요〉라고 대꾸했고, 그렇다면 〈물론 모두가 그렇게 말하지만, 저는 경유를 상당히 많이 해왔고 앞으로도 그래야 합니다. 엑스레이를 통과하는 횟수를 최소한으로 줄여야 해요. 귀찮으시겠지만 부탁드립니다〉라고 말해 왔다. 이 정도로 애걸복걸하면 듣고 있는 게 귀찮아서라도 보통은 핸드 체킹을 해주었다.

만약 줄을 잘못 서서 그날 기분이 최악인 보안 요원을 만나면 〈정부의 허가서가 없으면 안 됩니다〉라고 딱 잘라 말한다. 도대체 경유를 하는 여행자가 어떻게 정부의 허가서를 구한단 말인가. 해주기 싫다는 말이다.

그런데 오늘은 생각보다도 반가운 표정으로 보안 요원이 필름 150통이 든 내 두툼하고 묵직한 가방을 받아 들었다. 배가 불룩 튀어나온 요원은 내가 엑스레이를 통과할 때까지 건너편에서 내 가방을 소중하게 들고 기다렸다.

「나도 젊었을 적에 필름을 참 많이 썼죠. 지하실에 암실도 만들어 놨었는데, 결혼하고 나서 부인에게 용돈을 받는 신세가 되면서 포기했어요. 필름 값이 너무 올라 버린 거죠. 요즘은 더 비싸졌죠?」

그는 손을 꽉 조이는 파란색 위생 장갑을 끼면서 내게 물었다.

「네, 요즘은 한 롤당 거의 10달러가 넘습니다.」

「정말 비싸네요. 그런데 지금 이 안에 양이 어마어마한데요?」

「150롤 정도 가지고 왔어요. 오랫동안 여행을 떠나거든요.」

「얼마나 떠나요?」

「5개월 정도요. 파나마에서 요트로 태평양을 건너 대한민국으로 돌아갑니다.」

「요트라면, 크루즈인가요?」

「그렇다면 편할 텐데, 아주 작은 배예요. 관광버스보다 조금 작으려나.」

「맙소사. 도대체 왜죠?」

「글쎄요, 사람한테 지쳐서 떠난다고 말하기엔 너무 무모한 여행이려나요.」

허탈하게 웃으며 내가 답했다.

「바다가 주는 거대한 힘을 기대하는군요. 그나저나 150롤이라니. 그럼 거의 1,500달러가 넘는 돈이네요?」

「네, 맞아요. 그래서 핸드 체킹이 정말 중요해요. 만약 이 필름들에 모두 잔상이 남는다면…… 아마도 제 여행은 헛수고가 되겠죠. 안 해주실까 봐 정말 긴장하면서 왔는데, 감사합니다.」

「안 해줄 이유가 없죠. 젊은 직원들이야 이게 뭔지도 모르죠. 꼭 생긴 게 탄피 통 같으니까 안 해주는 거예요.」

필름을 일일이 꺼내 조그만 리트머스 용지 같은 것으로 하나하나 문지르면서 그가 말했다. 그러더니 정말 뜻밖의 행동을 했다. 필름 통 하나를 집더니, 카메라에 넣을 때 잡아당기기 위해 삐죽 튀어나온 필름의 끝부분을 코로 갖다 대는 것이다.

「아, 이 냄새 오랜만이네요. 약품 냄새랑은 또 다르지만, 이 냄새가 그리웠어요…….」

이해할 수 있었다. 암실에서 나는 퀴퀴한 냄새를 오랜만에 맡으면 가슴 설레는 것과 같은 기분일 거라고 생각했다. 150개나 되는 필름 통을 일일이 핸드 체킹하는 데 거의 20분이 걸렸다. 그 시간 동안 그는 자신의 아버지가 찍던 사진부터 비디오테이프를 돌려 가며 보던 영화까지 많은 이야기를 해주었다. 희소한 것을 소중히 여기는 사람들은 서로를 알아보면 할 수 있는 한 함께 즐겨 주고자 한다. 서로가 포기하지 않기를 바라는 마음에, 빠르게 변하고 잊히는 이 세상 속에서 살아남기를 바라는 마음에.

「여행에 행운을 빌어요. 찾고자 했던 모든 것이 태평양에 있기 바랍니다.」

어느새 이마에 맺힌 땀을 훔치며 그가 말했다. 손에 꽉 끼는 파란 장갑을 벗으니 하얀 팔목에는 빨간 자국이 남았다. 20분 동안 나의 부탁을 들어준 그의 흔적이었다.

「당신 덕분에 이미 반은 이루어졌어요. 다시 필름을 잡는 날이 오길 바랍니다!」

필름 150통의 무게를 오른쪽 어깨에 얹으며 보안 검색대를 빠져나와 게이트로 향했다. 원하던 대로 안전히 보안 검색대를 통과하자 긴장되던 시험을 통과한듯 안정감이 찾아왔다. 어깨는 무거웠지만 마음은 한결 가벼워졌다.

요트는 파나마에 정박해 있었다. 멕시코와 콜롬비아 사이에 있는 나라였는데, 평소에 그토록 가보고 싶었던 남미에 들어서게 되는 것이었다. 하지만 이렇게 바다 항해를 위해 가게 될 줄은 꿈에도 몰랐으니 역시 사람 일은 어떻게 될지 모른다. 간절히 바라면 생각지도 못한 방식으로 이루어진다.

뉴욕발 파나마행은 직항이 없어서 산호세로 가서 9시간이나 대기해야 했다. 그래도 마침 산호세에 사는 친구가 있어 도착하면 연락이나 해봐야겠다 생각하고 비행기를 탔다. 그리고 나의 멍청함은 비행기를 타고 캡틴의 목소리가 스피커로 나왔을 때가 되어서야 드러났다. 나는 캘리포니아의 산호세가 아니라 코스타리카 산호세로 가는 비행기를 타고 있었다……

생각해 보니 뉴욕에서 캘리포니아로 갔다가 파나마로 가는 것은 말이 되지 않았다. 지리상 코스타리카를 경유하는 게 맞았고, 심지어 보딩 패스에 〈San Jose(CR)〉라고 정확히 명시되어 있었다. 어처구니 없었지만 매우 나답다고 생각했다. 어려서나 지금이나 지리에 약해서 아빠한테 얼마나 놀림받았는지 모른다. 적어도 살다 온 나라나 그 주변 나라의 수도는 알아야 하지 않느냐, 살다 온 나라가 어디에 위치하는지 궁금하지도 않느냐. 그런 내가 태평양을 항해하러 간다니 누가 봐도 웃기는 노릇이었다.

하지만 어딘가로 떠나고 돌아다니는 데에 내게 지도와 지리적 지식이 중요하게 작용한 적은 없었다. 출발 지점과 도착 지점만 알고 있다면, 그러니까 방향만 알면 여행은 충분히 가능했다. 그러다가 길을 잃으면 해결 방법은 간단했는데, 지나가는 행인에게 물으면 되었다.

내게 궁금증은 아쉬움도 부족함도 아니다. 배우고자 하는 자세였고 가능성의 표출이자 무엇보다 관심의 표현이다. 그래서 길에서도 곧잘 사람들을 세워 길을 물었는데, 누구를 세워 질문을 할지 선택하는 기준은 조금 독특하다.

나는 친절하게 많은 것을 설명해 줄 것 같은 사람을 기피한다.

그런 사람들은 대부분 도움이 되고자 하는 마음이 앞서 잘못된 정보를 줄 가능성이 많다. 관상을 정확하게 배운 적은 없지만 착한 눈빛, 이유 없이 경쾌한 발걸음, 정직하게 가방 끈을 꽉 쥔 손에서 별 도움이 안 되는 착실함을 예견할 수 있다. 예컨대 그들과의 교류는 이렇게 흘러가곤 한다.

「이 근처에 책방이 있다고 들었는데 혹시 어딘지 아시나요?」

「이 길을 따라 쭉 가다가, 왼쪽에 키오스크가 보이면 길을 건너서 오른쪽 모퉁이로 돌아요. 그리고 한 100미터 정도 가다 보면 꽃 가게가 나올 거예요. 그 꽃 가게와 빵집 사이의 골목으로 들어가면 있어요!」

키오스크 앞까지 가서 다른 사람에게 물어야겠다고 결정하고, 고맙다는 인사 후 떠나려는데 그 사람은 입을 다물 줄 모르는 사람처럼 말을 잇는다.

「사실 그곳 말고도 이 근처에 좋은 책방이 여러 개 있어요. 곤충학자들이 즐겨 찾는 책방은 아까 그 키오스크에서 길을 건너지 말고 왼쪽으로 돌면, 오래된 자전거 가게 옆에 있답니다.」

「저는 곤충학자가 아니라서…… 하지만 길을 가다가 귀뚜라미라도 만나면 그 근처는 쳐다보지도 말라고 전할게요! 감사합니다.」

대충 넘어가려는데 그 사람은 또다시 말한다.

「아하, 그렇다면 뮤지션들이 주로 찾는 책방도 있어요! 그곳은 오래된 악보뿐만 아니라 여러 작곡가에 대한 책들도 많죠. 그 길은 키오스크로 가기 전에 오른쪽 길로 틀어야 해요.」

원래 가고자 했던 책방이 도대체 키오스크 기준에서 어디인지 이미 잊었지만, 기적적으로 그 사람이 말한 지점으로 가보면 그곳은 책방이 아니라 엉뚱하게도 시계 수리점이었다. 인상 좋은 이런 사람들에게 몇 번이나 당한 이후 나는 불퉁하고 불만 가득해 보이는 사람들에게 주로 다가갔다. 건물의 주차장 입구 쪽 그늘에서 한쪽 다리에 무게 중심을 실은 채 담배를 피우는 사람들이 대부분 나의 표적이었다. 그런 사람들은 누군가를 도와야겠다는 정의감이 없어 길을 물으면 알면 아는 대로 말해 주고, 모르면 모른다고 정확하게 말한다.

「이 근처에 책방이 있다고 들었는데, 혹시 어딘지 아시나요?」

「아니요. 모르겠습니다」

담배 연기 사이로 이 사람들은 대답한다.

「네, 알겠습니다. 감사합니다.」

뒤돌아 가려는데, 등 뒤에서 낮고 느린 건조한 목소리가 들린다.

「어떤 책을 찾는데요?」

「아, 특정한 책을 찾는 건 아니고, 그냥 책방에 가고 싶어요.」

「그래도 원하는 책 종류가 있을 것 아니에요. 소설? 역사? 아니면 사진집?」

손에 든 담배로 내 카메라를 가리키며 묻는다.

「사진집은 무거워서 사고 싶어도 들고 다닐 수가 없어요. 음, 주로 소설책을 읽기는 해요.」

「그러면 이 길 말고, 지하철 타고 두 정거장 가서 내려요. 그 근처에 라스트북스토어라는 곳이 있는데, 거기는 소설이 많아요. 이 근처에는 온통 중고 책방뿐인데, 시간이 넉넉하면 하루 종일 둘러봐도 좋지만, 워낙 분류가 거지같이 되어 있어서 한두 시간 안에 좋은 책 찾기 어려워요. 간 게 억울해서 먼지 쌓인 책 몇 개 골라 나오게 되는데, 그러다가 책장 갉아먹는 벌레들 꼬이기 십상이에요. 나라면 여기 근방에선 책 안 삽니다.」

정보의 정확성을 떠나서 내가 이런 부류에게 말을 거는 이유는 작은 마법 같은 순간을 볼 수 있기 때문이다. 마법이라는 것은 예상치 못했던 일이 눈앞에서 펼쳐졌을 때 느끼는 뜻밖의 기쁨이다. 생각지도 못한 모자에서 토끼가 나왔을 때, 완벽하게 뒤섞인 카드들 사이에서 내 카드를 골라냈을 때 어딘가에는 속임수가 있을지라도 놀라움과 작은 기적에 믿음을 걸고 싶은 그런 순간이 있다. 길을 묻기 위해 다가간 사람, 그것도 나와는 전혀 다른 성격의 소유자인 그 무뚝뚝한 사람과 잠깐 동안 책이라는 한 가지 주제로 서로에 대해 여러 이야기를 할 수 있다는 그 아름다운 순간이 기적이다. 지리를 빠삭하게 아는 사람은 자주 마주할 수 없는 마법이다.

대부분 길에서 나의 본능에 의존한 선택은 옳았다. 길을 묻다가 이렇게 예상 외의 친절을 보여 준 사람들과 한참을 이야기한 적이 많다. 이야기가 꼬리에 꼬리를 물었고, 과묵해 보이던 그 사람들은 조잘조잘 잘도 말을 이어 갔다. 본인의 거친 인상 탓에 평소 질문조차 받지 못하던 그들의 이야기 봇물을 내가 터트렸을 수도 있다. 그 기회를 갈망하며 길모퉁이 어두운 곳에서 기다리고 있던 게 아닐까. 사실 그들의 퉁명스런 눈빛은 따뜻하게 보이는 방법을 모를 뿐, 누구보다도 순한 마음을 품고 있을지도 모른다. 그들은 그런 서툶에 기회를 준 나와 대화하길 원했고 우리는 근처 벤치나 옆 건물의 입구 앞 계단 혹은 근처의 위스키 바에서 또 한참을 이야기하게 되었다. 책을 찾으러 다녔지만 결국엔 사람을 만났고, 새로운 세상을 경험했다. 그렇게 내 인생의 지도는 채워져 갔다.

나에게는 그 어떤 지표도, 지리적 지식도 필요가 없었다. 그것이 없어도 가고자 하는 곳은 어떻게든 찾아갔고 때로는 내가 가고자 했던 곳보다 더 매력적인 곳을 찾곤 했으니, 사실은 세상에서 제일 정확한 컴퍼스가 내 마음속에서 동서남북을 외치고 있었다. 코스타리카에 도착해서 전화를 하니 아빠는 깔깔거리며 비웃었지만,

캘리포니아 산호세인들 코스타리카 산호세인들 어떠리! 어차피 늦은 저녁에는 파나마에 도착할 것이고, 캡틴킴이 나를 기다리고 있을 것이다.

낯선 도착

파나마의 공항은 너저분했다. 하루에 떨어지는 비행기 수가 적은지 수하물 컨베이어 벨트가 몇 개 되지 않았다. 필름을 검사받는 보안 검색대만큼 긴장하는 구간은 지금이다. 1년 동안 열심히 벌어들인 사비를 탈탈 털어 가는 여행이니 만큼 항상 저가 항공을 타게 되는데, 그런 항공에 대해 떠도는 소문은 늘 짐이 정상적으로 돌아오지 않는다거나 이상한 도시에 도착해 있다는 것이다. 그리 귀중한 물건을 들고 오진 않았지만, 앞으로 6개월 동안 쓸 생필품이었기 때문에 긴장하지 않을 순 없었다.

멈춰 있던 컨베이어 벨트가 움직이기 시작했다. 짐들이 하나씩 구멍에서 나와 인정사정없이 곤두박질당했다. 처음에는 내 짐을 찾느라 집중했지만, 어느 순간부터는 눈에 힘이 풀려 초점 없이 크고 작은 짐짝들이 옆으로 흘러가는 걸 멍하니 보고 있었다. 갑자기 어렸을 때의 기억들이 주마등처럼 스쳐 지나갔다. 엄마가 나와 동생에게 말한다.

「우리 가방 먼저 찾는 사람이 일등! 파란색 리본을 찾아봐.」

검색견처럼 이리저리 왔다 갔다 하며 짐을 찾고 싶지만, 동생은 엄마 손에, 나는 아빠 손에 인질처럼 잡힌 채 조금이라도 꾸물거리면 〈가만히 있어! 그러다 엄마 아빠 잃어버려〉라는 무서운 협박을 들었기에 그 자리에서 눈알만 요리조리 움직였다. 그때나 지금이나 신기한 것은 리본으로 본인의 캐리어를 구분하는 방식이 국가를 막론하고 보편적이라는 것이다. 또 신기한 것은 어떻게 단 한 번도 그 리본들이 겹치지 않는지……. 이 세상에는 정말 다양한 리본이 존재하나 보다. 우리보다도 먼저 저 멀리서 어떤 꼬마가 〈엄마 찾았어요. 줄무늬 빨간 리본, 저거 우리 가방 맞죠〉라고 통쾌한 소리로 외쳤다.

그렇게 기다리면 의문의 여지 없이 엄마의 흔적이 있는 파란 리본이 보였다. 날개는 짧고 뾰족하게, 가운데 심은 두텁고 힘 있게 묶인 파란 리본이 보이면 나와 동생은 엄마와 아빠의 팔을 교회 종처럼 마구 잡아당기며 기쁜 소식을 알렸다. 익숙한 짐이 우리 눈앞에 보였고, 상품도 의미도 없는 이 게임에 이긴 것에 우리는 신났다.

이런 기억의 조각이 생각나면 행복한 어린 시절을 보냈다는 생각에 흐뭇했다. 그렇게 여행을 다니면서 잊고 있던 나의 일부를 다시 주워 모았다. 이런저런 생각에서 그렇고 그런 생각으로 흘러가던 차에 눈앞에 익숙한 물건이 스르륵 지나가고 있었다. 어른이 된 나만의 표적은 리본이 아닌 가방에 박은 작은 태극기였다. 동생과 나의 웃음 소리, 엄마 아빠가 팔을 그만 흔들라며 우리를 나무라는 소리를 뒤로 한 채 팔과 허리에 힘을 주며 33킬로그램이 되는 나의 5개월간의 짐을 들었다.

출구가 열렸고, 그래 봐야 이제 딱 세 번 본 사이였지만 음침하고 지저분한 파나마 공항에서 캡틴킴을 만나니 그렇게 반가울 수가 없었다.

마리나(요트가 정박하는 시설로, 주로 물과 전기가 공급되고 샤워실과 식당이 있다)에 도착하니 가장 먼저 작은 야외 수영장이 보였다. 저녁의 수영장은 어딘가 모르게 비밀스러워 보였다. 가장자리에 박힌 수중 랜턴에서 빛이 나와 수영장 내부를 훤히 비추고 있었다. 바람에 물이 흔들거려 수영장 바닥의 라인이 흐트러져 보였는데, 긴 흰머리 산신령이라도 튀어나올 것만 같았다. 저녁 하늘에 야자수도 흔들리고 있었다. 짐을 내려 덜덜 끌면서 건물과 수영장 사이를 들어가 보니 눈앞에 다섯 개 정도 되는 거대한 부둣가 통로가 쫙 깔려 있었고, 각 통로에는 다닥다닥 요트들이 늘어서 있었다.

정박한 상태였기 때문에 돛은 모두 감겨 있었지만, 마스트(돛대)는 달을 찌를 기세로 어두운 저녁 하늘을 향해 높게 서 있었다. 요트는 각양각색이었다. 캡틴킴이 앞장서서 우리의 요트가 서 있는 D통로로 들어섰다. 양옆에 정박해 있는 요트들의 앞머리에 쓰인 이름을 읽어 보았다. 선샤인 SUNSHINE, 뷰티투드 BEAUTITUDE, 키아 오라 KIA ORA, 오퍼스 ORPHUS ······. 달빛 아래 조용한 밤이었고, 마리나의 잔잔한 물결이 배를 조용히 쓸며 소리를 내고 있었다. 끝으로 다가가니 거대한 대한민국의 태극기가 휘날리고 있었다. 타노아 TANOA 라고 적인 배가 입구를 연 채 나를 기다리고 있었다. 이제부터 5개월간 지낼 내 집이었다.

첫 아침 식사

~~~

파나마, 셸터 베이 마리나

⚓

3월 29일

어떤 방식의 기록이 맞는지는 잘 모르겠다. 단순 사건이나 사고에 대한 기록은 무의미할 것 같고, 기분이나 마음을 적자니 심한 감정 기복으로 이어질지도 몰라 망설여진다. 하지만 아빠가 〈꼭 일기를 쓰렴〉이라고 다짐을 시켰기 때문에 시작을 안 할 순 없다.

파나마에 도착해서 캡틴킴을 만나고, 내가 타게 될 타노아에 짐을 풀었다. 생각보다 요트 내부는 풍족하다. 아래 살롱으로 내려가면 각 구석에 선실 네 개가 있고, 각 방에는 개인 화장실도 있다. 살롱 가운데에는 거실과 부엌이 있고 큰 테이블도 있다. 항해할 때를 대비해서인지 모든 것이 바닥에 고정되어 있는데, 어딘가 모르게 답답해 보였다. 만약에 의자를 더 가까이 당겨 앉고 싶으면 어쩌지? 짐을 옮겨야 하는데 테이블이 길을 막으면? 하지만 시급하게 답을 찾아야 할 것은 이런 것들이 아니다. 할 일은 많다.

1 　우선 캡틴킴 외의 모든 사람의 이름을 외우는 것(타노아 말고도 아라파니ARAPANI라는 배가 함께 항해를 하는데, 인원은 나를 포함해 타노아 5인, 아라파니 3인이다. 대부분 50대 아저씨들이며, 몇몇 젊은 크루가 있는 것 같다. 그리고 이들은 모두 4개월 전 그리스에서 이미 항해를 시작해서 서로 잘 알고 있다).

2 　그들 각자의 역할이 무엇인지 파악하는 것.

3 　이미 분담된 역할과 충돌하지 않는 선에서 내가 할 수 있고 해야만 하는 일을 찾는 것.

이 세 가지가 시급하다. 언제나 항상 나는 중간부터이다. 새 학기가 시작하는 달이 언제인지 따위를 우선순위에 두고 발령 날짜를 정하지 않는 외교부 탓에 아빠가 3년마다 나라를 옮길 때마다 나는 이미 정착되어 있던 모든 관계를 조금씩 뒤흔드는 존재였다. 아무리 평화롭게 녹아들려고 해도 잔잔한 물가에 주름을 만드는 물수제비 같은 사람이 되어 버린다. 존재 자체만으로도 낯섦을 조성할 운명인데 심지어 나는 조용한 성격도 아니었으니 사실 외교부 탓만은 아니다.

이번만큼은 그러지 말아야지.

이번만큼은 아주 자연스럽게 마치 배경처럼 녹아들고 싶다.

다음 날 아침, 새로운 학교에 도착한 전학생처럼 긴장하며 잠자리에서 일어났다. 어제 새벽에 도착해서 인사하지 못한 다른 크루들이 아침부터 아직 무거운 눈을 겨우 뜬 채로 와서 내게 인사했다. 그들도 새로운 사람이 궁금했을 것이다. 하지만 생각보다 건조하고 짧게 서로를 소개한 후 익숙하다는 듯 부산스럽게 움직이며 아침 식사를 준비했다. 누군가는 무언가를 끓이고 누군가는 그릇을 꺼내고 누군가는 음식을 덜어서 콕핏(사람이 탈 수 있는 조정 장소)으로 올렸다. 난 얼떨떨한 채로 낄 곳을 찾으려 여러 차례 시도했지만, 갈 길 몰라 어색하게 뻗은 내 손은 이미 모든 것에 익숙한 그들의 빠른 손길에 제쳐져 허공에서 빙 돌았다.

　너무 늦게 온 것일까. 사람들은 지쳐 보였다. 비행기를 타고 막 도착한 나는 붕 뜬 감정으로 어리바리하게 움직였는데, 그들은 이곳에서 이미 몇 년 생활한 사람들처럼 입맛을 쩝쩝 다시며 아침 식사가 다 되길 기다릴 뿐이었다. 공주님 대접을 기대했던 것도 아니고, 그런 행세를 부릴 만한 끼도 없었지만 예상치 못했던 무거운 분위기였다. 어디를 가도, 누구를 만나도 생기와 희망을 전할 수 있다고 자부하며 살았는데, 50대 아저씨들 특유의 회의적인 분위기

속에선 마음이 턱 막히는 기분이었다. 침을 꿀꺽 삼키며 도착한 지 24시간도 안 되어 불안해진 마음을 다독였다.

손잡이가 달린 양은 냄비에 국과 밥과 반찬이 함께 담긴 아침 식사를 들며 앞으로의 항해 일정에 차질이 생겼다는 소식을 들었다. 파나마 운하를 건너야만 태평양으로 진입하는데, 운하 직원들이 유세를 부리느라 날짜를 안 줘 애를 먹는 듯했다. 하여튼 어디를 가나 〈적당한 권력〉을 지닌 자들은 횡포를 부리지 않는 법이 없다. 그들 덕분에 배에 타자마자 바다로 나갈 것을 예상했던 나는 기약 없이 파나마에서 지내게 되었다.

설거지를 하고 나니 깨끗한 주방의 갈 곳 없는 파리들처럼 사람들은 모두 배 안에서 서성이거나 마리나 카페를 가거나 했다. 파나마 운하를 건너지 못한 채 가만히 정박해 있는 것에 모두들 지쳐 있었다. 신기하다. 끼리끼리 모인다는 표현이 맞는 걸까. 우리 크루는 대부분이 50대 어른들인데도 나처럼 가만히 있는 것을 못 견뎌 했다. 엄마 아빠는 내가 자꾸만 어딘가로 떠나려 하는 어린 망아지 같다고 했다. 그런 모습이 내가 어리기 때문이라고 생각했지만 시간이 지나면서 아니라는 느낌이 든다. 어딘가로 자꾸 떠나려는 건 기질인가 보다.

이 셸터 베이 마리나가 숨막히는 지겨움에 무게를 더하는 것도 같다. 마리나 자체가 시내에서 40분 정도 떨어진 정글 속에 있었는데, 심지어 그 정글의 입구는 군복 입은 정체 모를 남자들이 총을 들고 지키고 있었다. 우리를 지켜 준다는 느낌보다는 경계하는 느낌을 주었기 때문에 마리나에 들어섰을 때부터 긴장감이 들었다. 언제든 저들이 총을 들고 습격할 수도 있을 것 같았다. 더군다나 시내는 너무 멀었다. 하루에 두 번 셔틀이 오가긴 했지만, 그마저도 배마다 인원 제한이 있었고 시내를 나간다 해도 볼 것이 아무것도 없었다. 아프리카 세네갈도 다녀온 나였지만, 이렇게 아무것도 없는 나라는 난생처음이었다. 멋진 건물도, 아름다운 풍경도 없었다. 그저 사람이 살 수 있을 정도의 것들만 발달했다. 그렇다고 해서 뚜렷한 이 나라만의 문화를 느낄 수 있는 것도 아니었다. 맹세컨대, 나는 꽤나 낙천적인 성격을 소유한 데다 남들에 비해 기쁨에 대한 문턱이 낮아서 어느 곳에 가도 장점을 찾는 사람이다. 그런 내가 〈아무것도 없다〉라고 말하면, 허투로 들을 일이 아니다.

또 마리나에는 배가 많은데 선주들은 내가 생각했던 항해가나 선장, 세일러가 아니었다. 대부분이 돈과 나이가 많은 사람들로 그들에게 배는 항해를 위한 용도가 아니라 마리나에 세워 두고 휴가 기간에 호텔 대신에 잠자고 샴페인을 터뜨리며 선탠을 하기 위한 용도였다. 그래서인지 지켜 보는 사람의 입에서 하품이 나올 정도로 태평했다. 매일 저녁 야외 수영장 벽면에 영사기를 틀어 영화를 보고, 시내에서 사온 엄청난 양의 아이스크림을 한 스푼에 1달러씩

팔면서 서로 히히덕거리는 게 그들의 낙인 듯했다. 젊고 마음이 바쁜 내게는 그 모든 것이 시시해 보였다.

　나는 그런 일상적인 것을 느끼고자 이 먼 곳까지 온 게 아니다. 두려움을 찾아 제 발로 이곳에 왔다. 나는 눈앞에 보이는 것에서 두려움을 느끼고 싶었다. 파도가 배 위로 들이닥치고, 대자연의 습격에 허덕일 틈도 없이 밧줄을 당기고, 배가 양옆으로 휘몰리는 광경 속에서 공포를 느끼고 그것으로 인해 아름답고 소중한 깨달음이 내 가슴을 찌르는 짜릿한 순간을 경험하고 싶은 것이다. 그런데 불룩 튀어나온 배 위에 카드를 놓고 브리지 게임을 하는 할머니들이라니……. 시작하기도 전에 내 결의가 짓밟힌 기분이었다.

기억나지 않는 대화

～～～

파나마, 셸터 베이 마리나

그나마 위안이 되는 것은 저녁에 야외 수영장에서 보낸 시간이었다. 저녁의 마리나는 낮과 달랐다. 들리는 소리라고는 잔잔한 물이 배를 치면서 만드는 잔물결 소리뿐이다. 혼자서 터벅터벅 나무로 된 폰툰(부잔교)을 걷다 보면 나처럼 잠 못 들어 어슬렁거리는 몇몇이 있다. 그렇게 마주치는 것은 거의 항상 우리 배의 가장 젊은 두 크루 JUN과 T 그리고 같은 방향이지만 우리와는 다른 프로젝트인 옆옆 배 라르고LARGO의 CHAE였다. 이 셋은 각기 다른 연유로 배를 타게 되었지만, 공통점을 꼽자면 모두 배에 미쳐 있다는 것이다. JUN과 T는 뱃일을 배워 보겠다며 캡틴킴을 찾아왔고, CHAE는 어느 날 군대에서 잡지를 읽다가 본 요트에 불현듯 마음이 이끌려 배를 타게 해달라고 어떤 선장님께 편지를 한 이후부터 배에서 손을 뗀 적이 없다. 그때부터 7년이 지난 지금도 파나마의 마리나에 있으니, 배가 정말 좋은가 보다.

그 점에서 셋은 나와 다르다. 내게 바다와 배는 그저 살던 곳과 주변 사람들이 지겹도록 밉고 잊고 싶어서 선택한 도피였다. 그렇게 마음가짐이 다르니 우리 넷이 모이면 나만 이해할 수 없는 이야기들로 긴 밤이 신나게 채워졌다. 바람이 이렇게 불 때는 돛을 이렇게 해야 한다, 돛이 부러지면 이런 방법으로 수리해야 한다 등등, 혼자 있기 외로워 그들 틈에 앉아는 있지만 사실 듣고 있자니 더 외로워지는 이야기들이었다. 여기서나 거기서나 어떤 때는 사람 곁이 더 외롭다.

내가 가장 좋아하는 시간은 저 셋 중 한 명만을 우연히 마주치는 때였다. 셋이라는 무리에서는 내가 힘을 쓰지 못하지만, 각자를 떼어 놓으면 깊이 대화할 수 있었다. 그럴 때만이 그 사람을 이루는 작은 조각들을 자세히 볼 수 있기 때문이다.

하여튼 기대와는 다른 배의 분위기에 셸터 베이 마리나가 마치 고문 현장 같았다. 만약에 옆옆 배의 CHAE가 없었다면 아직도 그곳을 생각할 때마다 치를 떨었을지도 모른다. 아니면 PTSD 환자처럼 아예 기억에서 지워 버렸을지도.

CHAE와 처음 제대로 대화한 날 우리는 해가 뜰 때까지 함께

했다. 내가 도착한 날부터 아주 가벼운 고갯짓으로만 인사를 주고 받다가 생긴 일이었으니 우리는 무척 빨리 친해진 셈이다.

우리 배 두 척과 라르고가 함께한 저녁 식사 이후 젊은 크루들만 따로 모여 술을 마신 어느 밤이었다. 보름달이 마스트(돛대) 근처에서 아른거리고 있었는데, 그날 무슨 바람이 불었는지 나는 달 아래서 대화하려면 손을 잡고 이야기해야 한다며 만난 지 며칠 되지도 않은 T와 JUN 그리고 CHAE의 손을 잡았다. 지금 생각해 보면 어지간히 술에 절었다는 생각을 하면서, 그 청을 받아 준 세 크루의 순수함에 감사하다. 그렇게 손을 잡게 해놓으니 나보다 항해를 4개월 먼저 시작한 그들은 그동안 숨겨 둔 마음속 이야기를 시작했다. 정작 손을 잡게 해놓은 것은 나였으나, 또 다시 내가 끼어들 수 없는 이야기가 오고 갔다. 지루함을 느낄 즈음 또 무슨 이유였는지 다 같이 마리나 반대편 작은 공터에서 무너져 가는 배를 고쳐 생활하는 집시들을 만나러 가기로 했다. 술에 취한 저녁의 기억은 이렇게 중간이 절단된 조각들처럼 연결이 잘 되지 않지만, 하여튼 우리는 그렇게 공터로 향했다. 우리들 중 가장 나이가 많은 T는 방으로 돌아가겠다며 발을 뺐다. 나중에 알고 보니 T도 그날 꽤나 취해서 방으로 바로 들어가지 않고 바우(뱃머리)에서 잠들었고, 한순간 너무 더워서 그랬는지 물에 뛰어들어 수영하고 싶은 충동을 느꼈다고 했다. 그날 달의 기운이 사람들을 홀렸던 것 같다.

나는 맨발이었고, 바닥에는 시멘트 조각과 날카로운 돌들이 많아서 깡충거릴 수밖에 없었다. 발바닥 통증에 비명을 지르니 주변에 있던 커다란 개들이 짖기 시작했고, JUN은 개들을 잠재우기 위해 신고 있던 슬리퍼의 한쪽을 내게 주었다. 그렇게 어두운 새벽, 좀도둑들처럼 어깨를 움츠리고 서로 쉬쉬대며 우리는 집시들을 찾아갔다.

집시들의 배에 도착했을 때 그곳은 쥐 죽은 듯 조용했다. 마스트가 없는 배의 본채는 덩그러니 허공에 매달려 있었고, 그 안에서 집시들은 서로의 몸과 머리카락에 엉켜 자고 있었다. 애초에 별다른 목적 없이 왔던 터라 그들을 깨우기가 미안해 멋쩍게 다시 발걸음을 돌렸다. 마을 구석의 귀신 집을 찾으러 갔다가 허탕치고 돌아오는 동네 꼬마들 같았다.

JUN도 피곤했는지 아니면 두고 온 애인과의 통화 때문인지 사라졌고 CHAE와 둘이 남았다. 그날 우리는 밤새 대화를 했는데, 내 고집으로 우리는 계속 손을 잡고 있었다. 악수를 하듯이 서로의 오른손을 잡으며 마주보고 대화를 했는데 어느 순간 해가 떴고, 어둠에 숨어 있던 서로의 모습이 동시에 드러난 순간 웃어 버렸다. 허무했다.

방에 돌아와 자려고 누웠는데 내가 했던 이야기의 일부와 CHAE의 입에서 나온 몇몇 단어는 기억났지만, 해가 뜰 때까지 몇 시간을 무엇으로 채웠는지 생각이 나질 않았다. 내용은 몰라도 대화가 즐거웠다는 것 그리고 나쁜 아닌 상대도 그렇게 느꼈다는 것 하나로 만족하며 잠이 들었다.

그래도 다음 만남이 조금은 부끄러울 수밖에 없었다. 미꾸라지처럼 CHAE와 단 둘이 있는 순간을 피하고 있었는데, 그 좁고 평평한 마리나에서 쉬울 리가 없었다. 더 이상 피할 수 없어 마주친 순간, 어색함에 헛기침 한번 내뱉으며 내가 대학에서 공부한 전공 이야기를 하는데 CHAE의 표정과 반응이 어딘가 익숙했다.

「근데 이 이야기 언제 하지 않았어?」

「나도 들으면서 어디서 들은 이야기 같다고 생각했는데…….」

「설마 밤샜던 날 대화 기억 못해?」

「응…….」

안도의 한숨 대신 폭소가 터져 나왔다. 파나마 어딘가의 셸터 베이 마리나에서 달빛 아래 두 젊은이가 서로 기억하지도 못할 이야기로 밤을 새웠다. 신기하게도 그 후로 CHAE와 대화를 시작하면 왠지 모르게 밤을 새게 되었는데, 다행히도 이후로는 모든 대화를 기억했다.

밤의 디스코테카

～～～

아쉽게도 여전히 파나마

짧았던 시간임에도 불구하고 CHAE와 함께한 모험이 많았다. 그중 가장 환상적이었던 날은 긴 태평양 항해를 앞둔 전날이었다. 그날은 크루 모두가 낮부터 파나마 시내의 허술하기 짝이 없는 쇼핑몰에서 필요한 물품들을 이것저것 구비하는 날이었다. 배 두 척에 각각 5명, 3명이 다음 목적지까지 한 달 동안 항해를 해야 하니, 필요한 용품의 가짓수는 많지 않지만 그 양만큼은 남달랐다. 키친타월이 필요하다고 해서 나름대로 양손 가득 챙겼는데, 그 모습을 본 캡틴킴은 웃으면서 말 없이 그 몇 배를 더 가져와 카트에 담았다. 모든 것을 가득가득 담았고 혹시 몰라 한두 개씩 더 챙겼다. 캡틴킴이 가장 중요시 여겼던 물품은 키친타월, 물, 감자 그리고 맥주였다.

모든 준비가 끝나고 오후 4시쯤부터 자유 시간이 주어졌다. 항구로 돌아갈 사람과 시내에 남아 구경할 사람으로 나뉘었는데, 나랑 CHAE만이 파나마의 무더위에 맞서며 시내를 구경하겠다며 몰에 남았다. 여행자의 유형은 다양하다. 누군가는 택시를 타고 돌아다니고 누군가는 대중교통을 이용하고 누군가는 투어 가이드를 따라다니는데, 다행히도 우린 둘 다 걷기 좋아하는 부류였다. CHAE와 나는 시내 구경을 위한 연료를 준비해야 한다며 맥주 몇 캔과 와인 한 병을 샀고 지극히 나만을 위한 딸기 한 상자까지 추가로 가지고 시내로 나섰다.

한참을 걷고 걸어도 거대한 몰을 벗어나기가 힘들었고, 우리는 이미 연료 중 반을 다 마셔 버렸다. 알고 보니 한 시간 이상을 반대 방향으로 걸어가고 있었다. 이런 순간에서도 여행자의 유형은 나뉜다. 누군가는 짜증을 내고 누군가는 주저앉고 누군가는 포기하는데, 다행히 우리는 둘 다 바보 같은 상황을 허허 웃어넘기는 부류였다. 항로를 잘못 들어선 데다 중간 체크를 안 한 탓에 벌써 연료를 반이나 소비했다며 웃으며 되돌아서서는 한참을 걸었다. 결국 포기하고 택시를 탔는데 운전기사한테 오늘 저녁 어디를 가면 춤을 출 수 있는지 좋은 정보를 얻었다.

도착한 파나마 시내는 생각보다 아름다웠다. 남미 분위기가 물씬 나는 낡고 녹슨 발코니, 큰 유리 창문에서 너풀거리는 커튼,

페인트가 벗겨진 붉은 벽들이 좁은 골목 풍경을 만들고 있었다. 작지만 광장도 있었고 앉고 싶은 위치에 벤치도 기다리고 있었으며 오래된 성당들도 종소리를 내며 서 있었다. 그 척박한 셸터 베이 마리나에선 상상할 수 없는 풍경이었다. 역시 보는 것이 다가 아니었고, 아는 만큼 보였다. 우리는 마지막 남은 연료를 병째로 돌려 마시면서 벤치에도 앉았다가 성당 계단에도 앉았다가, 하여튼 쉴 틈 없이 이야기하고 보고 느꼈다. 성당 계단에 앉아서 마주한 건물을 쳐다보면서 내가 먼저 말했다.

「여기서 지낼 수 있다면, 저 초록색 벽 건물 2층에서 머물고 싶다.」

「왜?」

「커튼이 너풀거리는 게 예쁘잖아. 하루 종일 그냥 침대에 누워서 커튼 쳐다보면서 길거리에서 흘러드는 소리 듣고 싶어.」

「나는 옆 건물 3층.」

「왜?」

「1층은 햇빛이 안 들고 2층은 조금 시끄러울 것 같아. 3층쯤 되면 아래를 내다볼 수도 있고. 바로 앞에 나무가 보여서 좋아.」

이런 대화를 통해서 간접적으로 CHAE를 알게 되었다. 한 번도 CHAE는 〈나는 이런 사람이야〉, 〈이런 걸 좋아해〉, 〈이러고 싶어〉라고 직접적이거나 단정적으로 말하지 않았다. 어른이 되고 나면 서로를 알아 가는 시간을 단축하기 위해서 혹은 상대가 나에게 편견을 가질까 봐 스스로에 대해 단정적인 이야기를 하게 된다. 하지만 자신을 제대로 직시하는 사람은 많지 않다. 설사 그렇게 말한다 한들 나중에 시간이 지나 상대가 나의 행동을 보면서 내 말들이 거짓이었음을 아는 순간만큼 부끄러운 것은 없다. 나에 대한 판단은 상대에게 맡기고, 나는 나대로 살면 되는데 말이다.

그런 면에서 CHAE와의 시간들은 부드럽고 자연스러웠다. 그의 일부를 엿볼 수 있는 그런 유의 대화를 할 뿐이었다. CHAE는 먼저 질문하지 않았다. 먼저 이야기를 하지도 않았다. 나의 질문이나 이야기에 본인의 생각을 보탰고, 그것만으로도 충분히 CHAE를 알 수 있었다. 그래서 나도 자연스러웠고 정말 오랜만에 나의 내면과 외면이 일치되는 듯한 안정감을 가졌다. 또는 불일치마저도 너그럽게 받아들이게 되었다.

여행을 가면 항상 하는 것이 몇 개 있다. 그 나라의 묘지를 들르거나 그 나라의 종교 건물(사원이든 절이든 교회든 성당이든)을 찾아가거나 책방을 들른다. 그 이유는 죽은 자들을 섬기는 방식에서 고유의 풍습을 느낄 수 있기 때문이고, 종교가 없지만 엄숙하고 성스러운 분위기로 여행에서 지친 스스로를 소중히 여기고 싶어서이다. 성당에 가자는 나의 제안에 CHAE는 흔쾌히 응했고, 우리는 와인병을 가방 깊숙이 숨긴 뒤 차갑고 어두운 성당으로 들어갔다.

기도하는 사람들이 곳곳에 있었다. 예배당 중간쯤에 앉았을 때 갑자기 CHAE가 속삭였다.

「나 어렸을 때 복사(미사를 볼 때 신부를 돕는 청소년)였다.」

최대한 남에게 편견을 갖지 않으려고 노력하는 편인데, 이 느닷없는 정보에 놀랄 수밖에 없었다. CHAE가 행실이 바르지 못하거나 폭군 같아서 그렇다는 이야기가 아니다. 오히려 반대로 CHAE는 자유로운 것에 비해 성실했고 예의 있고 점잖았다. 하지만 CHAE는 정말이지 바다 외에는 아무런 것에도 소속될 수 없는 사람 같았다. 고르게 그리고 아주 검게 그을린 피부와 배 위에서 이리저리 바쁘게 움직이면서 생긴 듯한 작고 부드러운 근육들 그리고 항상 벙거지 모자의 그림자 아래 가려진 얼굴은, 마리나나 배의 풍경에만 깊게 녹아 들 수 있을 것 같았다. 바다에서 태어나서 바다에서 죽음을 맞이할 것만 같았고, 본인보다도 바다를 사랑하는 것 같았다. 움직임과 말투조차도 파도를 닮아 있었다. 그런데 어렸을 때 복사였다니, 의외였다. 내가 믿지 않는 눈치를 보이자 CHAE는 성당 가운데 통로로 아무나 다닐 수 없다, 기도할 때는 의자 밑의 긴 나무에 무릎을 대고 하면 된다, 복사는 리본이 달린 옷을 입는다 등의 이야기로 증명했다.

성당에서 나와 우리는 계속 걸었다. 정체 불문의 가게를 지나는데, 아직 대낮이었지만 벌써 닫아 버렸는지 철조망으로 문을 가려 놓았다. 그 앞에는 남자 셋이 까치발로 철조망 안을 들여다보고 있었는데, 안에서는 스페인어로 더빙된 미국 영화가 TV에서 흘러나왔다.

만약 혼자 여행을 했더라면 세 남자들 옆으로 조용히 다가가 까치발을 하고 같이 안을 들여다봤을 것이다. 그러면 대부분 그들은 5~10분이 가는 동안 내 존재를 모르다가 하품을 하려고 TV에서 눈을 떼는 순간 놀라겠지. 그렇게 대화가 시작되면서 수많은 정보를 얻을 수 있었다. 하지만 어디까지나 혼자 여행할 때 얘기이고 누군가와 동행할 때는 그런 나만의 길거리 〈유머〉 본능을 숨기곤 했는데, 주위를 보니 CHAE가 사라져 있었다. 어느새 세 사람 옆에서 안을 들여다보고 있었다.

걷고 걷고 또 걸었다. 말도 많이 했지만 침묵도 여러 번 흘렀다. 어째서인지 그런 침묵은 둘 중 한 명이 「라비앙 로즈」를 흥얼거리는 것으로 끝이 났다. 유럽풍의 돌담길이 있는 도시여서인지 와인을 마셔서인지 딸기 탓인지 모르겠지만 「라비앙 로즈」가 마치 그날 우리의 주제곡처럼 느껴졌다. 무언가를 구경하느라 CHAE를 잠깐 놓치면 어딘가에서 「라비앙 로즈」의 멜로디가 들렸고, 소리를 따라가 보면 CHAE가 어슬렁어슬렁 돌아다니면서 휘파람을 불고 있었다.

드디어 우리가 기다리던 밤이 왔다. 길거리에 앉아 간단히 닭

꼬치를 먹고 맥주를 마신 뒤 택시 기사가 알려준 디스코테카로 갔다. 디스코테카를 찾기란 어려운 일이 아니었다. 밤이 되자 사방에서 카바레풍의 눈부신 네온사인에 불이 들어왔고, 남미의 뽕짝 같은 음악들이 흘러나왔다. 그런 곳들에 들어갔지만 일요일이라서 사람은 없고 음악도 별로여서 10분 내로 바로 나와 버리기 일쑤였다.

11시쯤이 되었다. 한 번이라도 제대로 춤판을 즐겨야 바다에서 얌전히 시간을 보낼 수 있을 것 같았는데, 어딜 가도 흥이 돋질 않았다. 마리나로 돌아가기가 아쉬워 말 없이 시끄러운 도시를 걷고 있었는데, 어딘가에서 죽여주는 음악이 들렸다. 고개를 숙이고 걷던 우리는 동시에 서로를 쳐다보았다.

「어디서 나오는 거지?」

「저 발코니 중 하나인 것 같은데…….」

위를 올려다보니 불 꺼진 수많은 발코니 중 하나에서 엄청난 데시벨로 신나고 세련된 남미 음악이 나오고 있었다. 낡은 집들의 창살이 흔들릴 만큼의 소리라면 이건 어마어마한 파티임에 분명했다. 겉은 일반 가정집이지만 분명 어딘가에서 비밀 파티가 열리고 있는 것이리라. 단서를 찾으며 킁킁거리는 개처럼 우리는 귀를 기울이며 소리의 근원을 찾아 제자리에서 빙빙 돌고 있었다. 그때 갑자기 한 발코니에서 우리를 부르는 게 아닌가. 덩치가 산만큼 큰 남자가 병맥주 하나를 들고서는 우리에게 손짓했다. 음악이 너무 좋다고 아무리 소리를 질러도 큰 음악 소리에 묻혀 잘 전달되지 않았다. 그 남자는 우리에게 키를 던졌다. 오, 비밀 파티의 문을 여는 열쇠가 손에 들어왔다.

흥분한 우리는 받은 키로 대문을 열고 어두컴컴한 계단을 올랐다. 불규칙한 높이의 계단을 올라가니 음악 소리가 더 커졌다. 도박 현장이면 어떡하지, 마약 거래가 성사되고 있는 파티라면 우리는 제대로 마리나로 돌아갈 수 있을까? 아, 그래도 음악이 너무 좋은데……. 여러 생각이 머릿속을 스쳐 지났다. CHAE도 마찬가지였을 것이다. 하지만 서로 침묵하며 조용히 빠른 걸음으로 계단을 올랐다. 의식하지 못하는 사이 웃음소리가 입 밖으로 샜다. 우리는 서로의 모험심에 불이 지펴졌다는 것을 알았다. 음악과 불빛이 흘러나오는 문 앞에 도착했다. 거리에서 올려다보았던 남자가 문을 열었는데, 거대한 몸이 천장까지 솟아 있어 우리는 여전히 그를 올려다보아야 했다.

안으로 인도하는 남자를 따라 들어간 곳은 파티 현장이 아니었다. 천장이 정말 높은 원룸이었다. 방에는 때 묻은 코듀로이 소파, 대형 TV, 냉장고 그리고 스토브가 전부였다. 그 사람의 모든 소유물이 한눈에 보였다. 그래도 근사한 발코니, 아, 그 발코니는 정말 멋졌다. 파나마의 어둡고 지저분한 길거리를 내려다보는 발코

니 중간에 내 키보다 조금 더 큰 스피커가 놓여 있었다. 소리가 고르게 퍼지는 성량 좋은 스피커였다. 그는 음악을 너무 좋아한다고 했다. 형이 디제이라서 좋은 음악을 많이 갖고 있는데, 그래서 일요일마다 주민들의 동의를 얻어 이렇게 음악을 크게 틀어 놓고 지낸다고 했다. 신기하게도 그 사람의 이름은 엘비스Elvis였다. 파나마의 엘비스.

　　그날 밤 우리는 신나게 춤췄다. 냉동고에서 갓 꺼낸 차가운 맥주를 마시고, 아무 말 없이 흐뭇하게 우리를 쳐다보는 엘비스에게 하이파이브를 하며 목과 어깨에 땀이 날 정도로 몸을 흔들었다. 너무나 자유로웠다. 그 어떤 클럽보다도 크고 꽉 차는 음악 소리에 눈을 감고 어떻게 보일지 다 잊은 채 움직였다. 밤새 춤출 수 있을 것만 같았다.

안타깝게도 밤은 끝나 가고 있었고, 우리는 신데렐라처럼 걱정하고 있을 크루들에게로 돌아가야 했다. 엘비스에게 감사하다는 인사를 하며 택시비로 남겨 둔 돈 외에 수중에 있던 돈들을 긁어모아 맥주 값으로 주고 나오는데, 그 덩치 큰 남자가 풀이 죽는 게 확연하게 느껴졌다. 별 말이 오고 가지는 않았지만, 그래도 우리는 모두 그 순간을 마지막처럼 즐겼다.

택시를 타고 오는데 라디오에서도 좋은 음악이 나왔다. 사실 이쯤 되니 좋은 음악이란 CHAE도 나도 둘 다 동시에 알고 있어서 함께 흥얼거릴 수 있는 곡들이었고, 그런 것들이 연속으로 흘러나오고 있었다. 완벽한 날이었다. 택시가 엉뚱한 곳에 내려서 마리나를 찾느라 40분이나 더 걸어야 했지만, 어차피 일찍 들어가기 아쉬웠던 터라 이것 또한 완벽했다. 드디어 찾은 마리나의 통로를 걸으며 우리는 마지막으로 「라비앙 로즈」를 흥얼거렸다. 배에 도착하니 T가 헤드 랜턴을 비추며 우리를 기다리고 있었다. 장기간 항해의 전날 밤이었으며, 아주 멋지고 마법 같은 모험의 밤이었다.

출항, 돛을 올려라

~~~

타노아, 아테네, 파나마 그리고 드디어 태평양

나는 종교가 없지만 영적인 경험을 했던 적이 있다. 딱 한 번뿐일지라도 있었다는 것은 중요하다. 갑자기 사진을 시작하게 된 사람들이 새롭고 이질적인 환경에서 영감을 얻고 싶어 하듯, 나도 카메라를 든 지 얼마 안 된 시점에서 아프리카로 여행을 결심했다. 어렸을 때 모로코에서 살았던 기억 때문에 아프리카에 대한 위화감이나 경계심이 별로 없었다.

세네갈과 모로코에 갈 예정이었는데, 부모님의 반대가 예상했던 만큼 막대해서 준비 기간 동안 정신이 없었다. 몰래 예방 접종을 맞으러 가야 했고, 비자 준비에도 고생이 따랐다. 이런 모든 과정을 누군가와 털어놓고 이야기할 수 있었다면 더 철저하게 준비했을 테지만 당시에는 아무리 준비를 해도 밑 빠진 독처럼 모자란 것만 같았다. 그 시기에는 친구도 없었다. 주변에서는 갑작스럽게 변한 내 삶의 태도를 낯설어했고, 사진이라는 것을 쌩뚱맞게 여유를 부리는 것 정도로 생각했다. 주변에 기댈 곳이 없으니 더 강해질 수밖에 없었다. 마음을 단단히 먹고 조용히 할 일을 하나씩 헤쳐 나가며 이것은 실수가 아니라고 스스로를 이해시켜야 했다.

세네갈로 가기 전에 아테네에 잠시 들렀다. 어렸을 때 『그리스 로마 신화』를 즐겨 읽었으므로 잔뜩 기대를 했다. 제우스의 신전을 본다는 마음에 걷고 또 걸었다. 하지만 아무리 걸어도 나타나지 않아 지나가는 행인에게 신전이 어디 있느냐고 물었고, 이것이 아니냐며 행인은 내 앞의 돌 기둥 세 개를 가리켰다. 이미 역사의 흔적과 윤곽이 사라져 버린 아테네였다.

다음 날 다른 신전을 둘러보러 산을 올랐다. 한 신전에 도착했는데, 사람은 별로 없었다. 그나마 있는 관광객 몇몇은 신전보다 산 꼭대기에서 내려다보이는 아테네의 전경을 즐기고 있었다. 신전 안에는 할머니 한 분이 계셨다. 촛불을 꺼뜨리지 않는 것이 응당 자신의 의무인 듯 진지한 태도로 그곳을 지키고 계셨다. 내가 헉헉거리며 안으로 들어가니 자리를 내주었다.

천장에는 예수의 그림이 있었는데 그리스교를 섬기는 신전이라기보다 작은 성당이나 교회로 쓰였던 재단인 듯하다. 어두컴컴

했고, 먼지 쌓인 작은 창문 앞에 촛불이 휘청거리며 춤을 추고 있었다. 나는 어느샌가 손을 모아 천장 위의 예수를 보며 기도하고 있었다. 제발 집에 안전하게 돌아가게 해달라고 빌었고, 엄마 아빠의 가슴에 비수를 꽂았으니 사과할 기회를 달라고 부탁했다. 눈물이 흘렀다. 이제껏 한 번도 기도를 제대로 해본 적이 없었는데, 진심이 우러나오는 것을 느꼈다. 그제야 처음으로 아프리카에 대한 나의 마음에 솔직해졌다. 사실은 많이 두려웠다는 것과 그럼에도 불구하고 꼭 가야 했다는 스스로의 뜻을 알아챘다. 처음으로 그것을 인정하자 마음이 조금씩 편안해졌다. 이제껏 주변에서 말릴수록 아프리카 여행에 경계심이 없었던 내 자신이 이상하고 낯설었다. 온몸이 마비된 사람처럼 아무런 두려움을 느끼지 못하는 내 자신이 가장 무서웠는데, 모두의 염려를 공감하고 현실을 자각하니 마음이 오히려 편안했다.

눈물을 닦으며 울었다는 사실에 약간은 부끄러워 멋쩍은 상태로 그곳에서 나왔다. 신은 참 가혹하기도 하다. 그때 우르르 쾅쾅 천둥이 치며 비가 내렸다. 제우스가 불효막심했던 내게 벌을 주려는구나, 하며 또다시 엉엉 울었다. 물론 내가 이 글을 쓰고 있으니 세네갈 여행은 무사히 끝이 났다. 위험했던 순간이 있었지만 감사하게도 운이 따라 주어 손끝 하나 다치지 않고 돌아왔다. 그 산 꼭대기에서 내 감정이 요동을 쳤던 그 영적인 순간은 〈신은 절대로 존재하지 않는다〉라고 죽을 때까지 말할 수 없는 이유가 되었다. 부디 이번에도 무사히 바다를 건널 수 있길. 이번에는 포세이돈님께 빌었다.

4월 14일

드디어 파나마 운하 통과 승인을 받았고, 엄마 아빠와 마지막 통화를 했다. 아빠는 질문이 많았다. 기름으로 가는지 바람으로 가는지, 두 배는 어떻게 서로 연락을 하는지, 물은 얼마나 가져가는지, 오래 통화를 하지 못하는 상황을 알면서도 궁금한 게 많아 답을 할 틈도 주지 않고 질문을 퍼부었다. 어째서인지 이번 여행에 나만큼 들뜬 엄마 아빠가 사랑스럽고 고마웠다. 사진을 시작한 이후로 매해 떠났던 여행들은 한 번도 응원받지 못했다. 부모님 입장에서는 제멋대로 홀로 떠나가 버리는 딸이 예뻐 보일 리 없었다. 타지에서 보고 싶다고 전화를 하면 〈거짓말〉이라는 답변을 들은 적도 허다했다. 그런데 내 인생 최초이자 최고의 모험인 태평양 항해를 앞두고는 대견하다는 듯, 그리고 어서 무사히 가족의 품으로 돌아오라는 듯 응원하고 있었다. 엄마는 내 마음 상태를 걱정하는 듯했다. 엄마의 어린 시절을 똑 닮아 예민하고 섬세하고 쉽게 흔들리는 내가 정신적으로 어떻게 견뎌 낼지가 가장 걱정인 엄마는 선장님 말씀 잘 들으며 안전하게 다녀오라고 하면서, 〈너는 언제나 머릿속으로 여행할 줄 아니까, 한달 동안 배 안에서 아무리 지루해도 즐길 수 있을 거야〉라고 아름다운 응원을 해주었다. 이 말을 듣는 순간, 나도 알지 못했던 내 성향을 시처럼 표현해 준 엄마의 사랑이 느껴져 눈시울이 붉어졌다.

우리는 이제 항해를 준비 중이다. 요트 안을 치우고 물건들을 안전한 위치에 고정하느라 다들 바쁘다. 마리나에서 지내면서 친해진 빨래방과 매점 주인이었던 마리안나와 작별 인사를 했다. 떠나는 사람들의 모습을 지켜보는 이들은 얼마나 외로울까? 그들도 여행을 꿈꿀까, 아니면 이미 통달하였기 때문에 그곳에서 버틸 수 있는 걸까?

　운하를 건너는 일은 생각보다 지루했다. 오랜 시간이 걸렸고 과정도 많았다. 간단히 말하자면 댐처럼 높은 문 세 개를 거치는데, 한 문을 통과할 때마다 수면의 높이가 높아지는 공간으로 들어서게 되고, 그 세 개의 문을 다 통과하면 그제야 바다로 나가게 된다. 각 공간을 거치는 데 거의 1시간 정도가 소요된다. 거대한 문이 열릴 때마다 마치 열두 가지 과업을 해내는 헤라클레스처럼 큰일을 수행해 낸 전사가 된 기분이었다. 댐처럼 높은 벽 위의 운하 요원들과 배는 항상 줄로 연결되어 있었는데 위에서 내려온 줄이 꼭 탯줄 같아서 갑자기 엄마가 보고 싶어졌다. 내가 이런 과정을 겪게 되리라는 것을 누가 알았을까. 혹시 엄마는 나를 배 속에 품었을 때 알았을까? 내가 처음 롤러스케이트를 타고 무릎에 피를 철철 흘리며 집에 들어섰을 때 알았으려나? 철봉을 하다가 앞니가 부러졌을 때? 운명의 기록부에 이런 일들이 모두 계획되어 있을까.

이런 내 삶의 굴레를 보고 엄마는 남들처럼 평범하게 살면 좋겠다고 말했었다. 주어진 대로, 익숙한 대로, 예측 가능한 대로, 이해되는 대로 산다면 참 편할 텐데. 하지만 언젠가부터 그런 포근함이 불안으로 다가왔다. 그래서 오늘도 파나마 운하의 어딘가 익숙하지 않은 상황으로 나를 던져 놓고 그 속에서 허우적거리는 스스로를 지켜보는지도 모른다. 어쩌면 나는 그렇게 해야만 무언가를 느끼는 둔탁한 심장과 자극을 주어야만 자라나는 성장 판을 가졌는지도 모르겠다. 운하를 건너면서 심오한 생각을 하느라고 그 과정을 제대로 즐기기 어려웠다. 주변에서 아무리 사진을 찍고 신나 해도 내 마음은 운하의 문처럼 무거웠다.

그 와중에 딱 한 가지 눈에 띄었던 것이 있었다. 운하를 같이 건넌 상두SHANGDU라는 이름의 딸만 다섯인 대가족의 배였다. 머릿수가 얼마나 많은지 점심 끼니를 한 번 챙기는 것도 큰일이었다. 토마토 파스타를 먹는 것 같았는데, 한 사람이 들기 어려울 정도로 무겁고 큰 냄비에 파스타가 수북했고 토마토 소스 두 병 정도는 비워야 할 만한 양이었다. 그들만큼이나 재미있었던 것은 배 모양이었다. 뱃머리에 나무 의자가 있어 맨 앞의 돛인 제노아보다 더 앞서 바다를 만날 수 있었다. 우리 배에도 있다면 난 하루 종일 그곳에 앉아 있었을 것이다. 상두의 다섯 딸들은 번갈아 가며 그곳에 앉아서 하염없이 하늘과 바다를 봤다. 가끔은 소라에 구멍을 뚫어 만든 악기에 입김을 불어 부우웅 하고 소리를 냈다. 저렇게 지낸다면 보통의 일상과 다른 이 모든 것을 자신의 삶 안으로 자연스럽게 받아들일까? 그것이 평범한 일상이 되는 걸까? 그렇다면 가족 없이 혼자서 세상을 대면하는 외로움을 덜 느낄지도 모르겠다.

하지만 이런들 저런들 상관 없었다. 어떤 배경 속에 자랐던 우리는 동시에 여기 존재했다. 그리고 이제 모두 태평양 속으로 들어섰다. 아무도 (심지어 나조차도) 나를 소중히 여기지 않았던 도시를 떠나서 무관심의 애정으로 나를 대하는 바다의 품으로 이제야 들어왔다.

집을 나서게 하는 것 1

타노아, 태평양, 파리와 서울

내가 다섯 살, 동생이 두 살 때 파리로 이사를 갔다. 우리 가족은 아빠의 직업 때문에 그전에도, 그 후에도 3년마다 나라를 옮겨 다녔는데 나는 모두가 이런 유동적 삶을 사는 줄로만 알았다. 다섯 살인 나는 그런 역마살 가득한 우리의 생활에 이유를 찾으려 하지 않았다. 변화무쌍한 내 인생을 있는 그대로 받아들이는 순종적인 꼬마였다. 프랑스에서 어떻게 그 나라 언어를 배우고 적응을 했나 싶지만, 어린 나이에도 표현하고 싶었던 게 많아서였는지 새로운 언어에 대한 두려움보다는 하루빨리 소통을 해야겠다는 열망이 더 컸다. 크리스마스였는지 아니면 선생님의 생일이었는지, 어떤 이유에서였는지 기억나지 않지만 엄마가 유치원 선생님께 드릴 배를 챙겨 준 적이 있었다. 엄마의 주문은 〈이 배는 한국에서만 나는 배이니, 한국에서 온 선물이라고 말씀드려〉였다. 그때만 해도 아직 선생님과 〈위 마담〉, 〈농 마담〉, 〈메르시 마담〉 이상의 대화를 한 적은 없었다. 하지만 너무나도 사랑하고 위대한 엄마(엄마는 내가 아는 사람 중 종이 인형을 가장 잘 그리고 오리는 사람이라서 나의 충성은 당연했다)의 부탁이었기 때문에 막중한 사명감을 품은 채 유치원으로 향했다. 친구가 키우던 새를 손에 쥐어 본 적이 있었는데, 겁에 질린 새는 박제된 것처럼 미동이 없었지만 손바닥으로는 새의 심장이 요동치는 것을 느낄 수 있었다. 그때 내 심장이 그 정도이지 않았을까?

아침 종례 시간이 더러 그렇듯 교실 안은 정신 없고 지저분했다. 들어오자마자 외투를 아무 데나 벗어 둔 아이도 있었고, 흥분해서 뛰어다니다가 그 외투에 넘어진 아이도 있었고, 콧물을 손으로 훔쳐 책상 아래에 닦는 아이도 있었다. 수업이 시작하기 전까지 어린 괴물들이 가득한 정글이 본인 관할이 아니라는 듯 선생님은 낡은 나무 책상 앞에 앉아 종이 뭉치만을 뚫어져라 쳐다보았다. 평소 같았으면 외투를 벗어 던지고, 그 위에 넘어진 후 콧물을 치마에 닦았을 나였지만, 침을 꿀꺽 삼키고 배가 든 종이 봉투를 두 손에 쥔 채 선생님의 책상으로 향했다.

선생님은 동그랗게 말아 위로 올린 부시시한 검정색 머리에

양끝이 뾰족한 검은 테 안경을 쓴 여자였다. 피부는 하얗고 입술은 빨갛게 칠해져 있었다. 목 위로 올라오는 하얀 레이스 블라우스에 푸른색 벨벳 가디건을 입었다. 아직도 모든 것이 섬세하게 기억난다. 그때의 긴장감은 큰 사명감을 지닌 외교 사절단의 긴장감과 가히 비교할 만했다. 그런데 선생님의 책상 앞에 다가서자 순간 고삐 풀린 망아지처럼 내 자신도 믿기 힘들 정도로 그간 빛을 발하지 못했던 말이 봇물처럼 흘러나왔다. 그것도 프랑스어로.

「이 배는 한국에서 온 배예요. 그래서 유럽 배랑은 다르게 생겼어요. 보실래요? 유럽 배는 위가 얇아지지만 한국 배는 모든 곳이 동그랗죠? 저는 한국 배는 먹어 보지 않았아요. 저는 사과를 훨씬 좋아하기 때문이죠. 하지만 먹어 본 엄마 아빠 말로는 유럽 배보다 더 달콤하대요. 조그만 과일용 포크 있죠? 손잡이는 유리로 되고 꽃이 그려진 거 말이에요. 그런 걸로 콕 찍어서 집에서 가족분들과 맛있게 드세요!」

투명한 안경 너머 선생님의 두 눈은 놀라움에 한동안 멈춰 있었다. 잠시 뒤 우당탕 칠판이 넘어지는 소리가 정적을 부수었고, 현실 속 자신의 위치를 되찾은 선생님은 내 손을 잡으며 꼭 포크로 찍어 먹을 테니 부모님께 감사하다고 전해 달라 하셨다. 그 후로 아무런 막힘 없이 프랑스어로 말할 수 있었다. 동요를 부를 때도, 엄마 아빠 앞에서 선생님과 아이들을 흉내 내며 재롱을 부릴 때도, 맥

도널드에 가서 아이스크림을 주문할 때도 나의 프랑스어는 익숙한 한국어처럼 술술 나왔다. 나는 표현하고 싶은 것도, 스스로 하고 싶은 것도 많아서 혀에 익지 않은 새로운 언어조차 방해할 수 없는 꼬마였다.

이러한 내가 아무리 역마살 가득한 운세로 태어났어도 인생이 변하는 순간에는 다 이유가 있는 법이다. 밭갈이하듯 일상을 뒤엎는 용기를 냈던 것은 이르다면 이르고 늦다면 늦은 스물네 살이 되던 해였다.

어릴 때는 내가 쳐다보기만 해도 그것에 대한 관심이 싹트도록 도와주던 부모님이 성인이 되고 나니 점점 이런저런 방해를 시작했다. 부모 입장에서야 물론 좋은 길로 인도하는 과정이었겠지만, 몸과 얼굴이 울퉁불퉁 자라나느라 내면까지 뒤틀리던 내게는 가시를 돋치게 할 뿐이었다. 스물네 살 정신 차려 보니 국제학을 전공하고 있었고, 대기업 취업을 향해 넘어지고 신발이 벗겨져도 뒤도 안 돌아보고 뛰어가는 대학생이었다. 그렇게 매일 밤 12시가 되어야만 마지막 지하철을 타고 집으로 갈 수 있었다.

반항심은 익숙하게 받아들였던 것에 대한 사소한 질문에서 시작한다. 나의 질문은 여느 때처럼 지하철을 타고 귀가하던 어느 날 한밤중에 그 모습을 드러냈다. 사람들이 가장 신경질적일 수밖에 없는 출퇴근 시간이었다. 사람들은 만원 지하철 안에 구겨져서 어디론가 운반되고 있었다. 모두가 지쳐서 살짝 부딪히기만 해도 예민한 곁눈질이 오고 갔다. 집에 가는 길만이라도 조금 덜 사나웠으면 당시 내 젊음이 그렇게 외롭지만은 않았을 텐데.

꼿꼿하게 서서 지친 마음과 머리를 간신히 지탱하며 여섯 정거장이 얼른 지나가길 기다리고 있었다. 그런데 바로 앞에 앉아 있던 사람이 내리는 것이다. 그때도 지금도 그 사람이 여자였는지 남자였는지 나잇대가 어땠는지 알 수 없다. 그렇게 가까이 포개져 몇 정거장을 같이 지나면서도 우리는 무의미한 존재들처럼 서로에게 무관심했다. 내 양옆에 할머니가 탔는지 할아버지가 쓰러질 지경인지 볼 틈도 없이 빈 자리에 잽싸게 앉아 버렸다. 자리에 앉자마자 다리 근육이 녹아내리면서 힘이 쫙 빠졌다. 행복했다. 이대로 자면 기분 좋게 깰 수 있을 것 같았고, 이래서 사는구나 싶었다. 그리고 느닷없이 뜨거운 눈물이 뺨을 타고 주르륵 흘렀다. 지난 몇 개월 동안 내게 일어난 일 중 고작 내 앞 사람이 내가 원할 때 딱 맞춰 자리를 비운 그 우연이 한창 나이인 내 일상 중 가장 행복한 때라니. 허무하게도 이게 내가 살아가는 낙이라고 스스로를 위로한 것이다. 말도 안 돼, 내가 언제 이렇게 불쌍한 사람이 되었지? 한강을 건너는 지하철에 실린 채 그대로 한남대교가 무너져 버렸으면 좋겠다는 생각이 들 정도로, 나는 와장창 부서졌다. 눈물은 뺨을 타고 내려와 턱에 맺혔다. 눈을 감았다 뜨면 눈물이 쏟아질까 봐 눈을 더 부릅떴다. 나는 어리석게도 한밤중 만원 지하철의 사람들 중 한 명이라도 내게 관심을 가지지 않을까 기대했다. 조용히 살던 나의 마음에 불을 지핀, 그날 밤 나의 질문은 이것이었다. 〈언제쯤 행복할 수 있을까?〉

집을 나서게 하는 것 2

타노아, 태평양, 애틀란타

그날 이후로 모든 것이 바뀌었다. 행복하지 않은 삶의 가장 큰 원인은 만족스럽지 못한 삶을 알아채지 못했다는 것이다. 익숙함과 편안함은 나를 게으르게 만들었고, 그래서 그 모든 것에서 스스로를 떼어 놓아야겠다고 결심했다. 가출보다는 평화적인 교환 학생을 택했다.

교환 학생 프로그램 중 세상에서 가장 쓸모 없는 수업을 듣고 싶었다. 그동안 쓸모 있는 것들만 해온 내게 주는 일종의 보상이었다. 그런데 대학교라는 기관에서는 쓸모 없는 것을 찾기가 도통 힘들었다. 요가는 건강에 좋으니 탈락, 골프는 사교나 정치에 유용하니 탈락, 그렇게 또 탈락, 탈락……. 그러다가 리스트에 남았던 것이 암실 수업이었는데, 옳거니 싶었다. 21세기에 도대체 누가 필름을 쓰며 누가 그걸 직접 현상하고 인화까지 할까 싶었다. 그 어떤 이력서나 추천서의 반의 반 줄도 채울 수 없는 완벽하게 쓸모 없는 수업!

암실은 미국 애틀랜타주의 한 대학교에 속한, 거의 버려지다시피 한 공간이었다. 학교의 역사적인 건물과 신설 건축물들이 모여 있는 곳에서 20분 정도 걸으면 거대하고 관리가 잘된 럭비 경기장이 있었다. 푹신한 잔디 위를 또 15분 정도 걸어가다 보면 캠퍼스의 끝자락에 다다랐는데, 거기서부터 숲이 우거진 길을 또 한참 걸어야 그 허름한 암실이 있었다. 멀어서 그런지 학생들이 거의 이용하지 않아서 항상 비어 있었다. 더군다나 대부분의 대학교 미술 관련 부서들이 그렇듯 이 암실도 대학교 교직원들의 눈엣가시였고, 공간을 유지하는 데 드는 예산을 차지하기 위해 모두가 언제 없어지나 하며 매의 눈으로 지켜보고 있었다. 그리고 나는 운명의 장난으로 모두에게 잊힌 그 암실의 매력에 빠져 거의 매일 9시간을 그곳에서 보냈다. 수업이 끝나면 먼 길을 통통 뛰어가 암실 문을 꽉 닫고 해가 질 때까지 그곳에 있었다. 어처구니 없는 어린애의 장난 같은 반항심으로 선택했던 수업이 나의 인생을 통째로 뒤엎었다. 첫 수업, 필름을 사진으로 만들어 내는 간단하고도 명료한 과정을 본 때부터 바로 푹 빠졌다. 그 후로 나는 전혀 다른 사람이 되었다.

더 정확히 말하자면 잊고 있었던 원래 모습을 되찾아 더 확실한 내가 되었다. 처음에는 현상을 하기 위해 방 안의 사물부터 빛이 닿는 것들은 모두 찍어 댔다. 그러다가 카메라를 들고 밖으로 나갔다. 처음에는 몸집이 내 두 배나 되는 흑인들과 노숙자가 대부분이었던 애틀랜타 시내가 두려웠지만, 사진을 위해 나섰고 나중에는 그들과 친구가 되었다. 점잔 빼는 국제학을 할 때에는 결함이었던 나의 적극적인 성격이 길거리 사진을 찍을 때는 가장 필요한 자질이 되었다. 법은 어기라고 있다는 말처럼 운명도 거스르라고 주어진 듯하다. 처음에는 순순히 따라가는 듯싶었으나 읽고 있던 책을 잽싸게 뒤집어 벌레를 작살내듯이 내 운명을 뒤엎었다. 이렇게 기가 막힌 우연으로도 사람의 인생이 완전히 뒤집어질 수가 있다.

내가 지하철에서 펑펑 울고 돌아온 날 밤 집에 들어서니 소파 옆 램프가 켜져 있었다. 엄마는 소파에 앉아서 책을 읽고 뜨개질도 하다가, 아무리 기다려도 내가 오지 않자 방에 들어가서 잠들었을 것이다. 엄마는 내가 혼자 집에 들어서도 엄마의 사랑을 느낄 수 있게 항상 램프의 불을 켜놓아 두었다.

불을 끄고 방으로 들어와 침대에 앉았다. 처음으로 내 인생의 가치에 대한 의문을 품은 후 돌아온 방은 낯설었다. 책상 위의 수많은 책도, 화장대 위의 화장품과 향수도, 침대 옆에 추억이 담긴 사진들도 모두 의미를 잃었다. 마치 남의 방에 들어온 것처럼 그동안 이곳에서 있었던 모든 일이 거짓 같았다.

애처롭게 울고 있었는데 방문을 열고 엄마가 들어왔다. 엄마는 항상 귀신처럼 내 상태가 이상할 때마다 알아차렸다. 나중에 어떻게 알았냐고 물어보면 갑자기 잠이 깼고 마음이 이상했다고 항상 말한다. 울고 있는 나를 보며 엄마도 속상한듯 눈이 빨개지고, 목에 무언가가 걸린 듯이 목소리가 이상해졌다.

「너는 가만히 있어도 빛이 나는 사람이야. 자꾸만 무언가를 증명하려고 애쓰면서 찾아다니지 말고, 가만히 빛이 나는 대로 있어봐. 누군가가 혹은 어떤 일이 그 빛을 보고 찾아올 거야.」

누가, 어떤 일이 올지 엄마는 말하지 않았다. 엄마도 모르고 있었을 테니까. 하지만 어떤 심정이 담긴 말인지는 정확히 느낄 수 있었다. 지금도 그때 엄마의 목소리를 떠올리면 알 수 없는 힘이 솟는다. 고군분투하며 내면에 깊숙이 박힌 보이지 않는 무언가를 찾으려 싸우다 지친 내 모습이 얼마나 안쓰러웠을까. 엄마의 말은 그런 나의 모든 땀과 눈물을 인정하고 함께 인내하겠다는 것이었다.

집을 나서게 하는 것 3

~~~~~

타노아, 태평양, 이태원

그 후에도 자식과 부모가 서로에게서 독립하는 과정을 겪었다. 여러 산맥을 오르고 그곳의 무성한 수풀 같은 사랑과 관심을 맨손으로 베며 헤쳐 나갔다. 드디어 내 자신을 찾았다고 생각했지만, 엄마아빠는 내가 무언가를 흉내내며 대단해진 듯 착각하고 있다고 다그쳤다. 자신을 부정당하자 내 안의 작은 불씨는 점점 산맥을 통째로 재로 만들어 버릴 만큼의 큰불로 번졌다. 그렇게 보증금 500만원에 월세 30만 원인 아주 작은 삶의 터전을 차리게 되었다. 차곡차곡 모아 두었던 돈이 이렇게 자유의 날개가 될 줄이야.

이태원 우사단이라는 곳에 첫 뿌리를 심었다. 이태원은 우리 부모님 세대의 젊은 시절에도 각양각색의 모습이 존재하는 길이었다. 그 부분은 여전히 다르지 않은 것 같다. 내 작업실은 기독교나 불교 신자가 대부분인 우리나라에 유일하게 존재하는 큰 이슬람 사원이 있는 뒷골목에 있었다. 이마저도 박정희 대통령 시대에 석유를 더 달라는 차원에서 아랍 국가들에게 호의를 보이려는 의미로 지어진 것이었다. 따라서 종교적인 건물 특유의 신성함은 아주 희미했다. 밤에 나이트클럽처럼 빛이 나는 사원을 보고도 기도문을 떠올렸다면 나는 아마도 알라를 섬겨야 하지 않았을까?

급격하게 꺾여 들어가는 빨간 벽돌의 한국식 골목에서 갑자기 터번을 쓴 아랍인이 튀어나왔고, 새벽에 카랑카랑한 여자 웃음소리가 나서 창문을 열고 내다보면 엉덩이까지 오는 금색 생머리의 야한 옷차림을 한 남자가 하이힐을 신으며 지나갔다. 그런가 하면 작업실 계약 후 견적 내러 방문한 도배 가게 사장님이 들어오자마자 〈아, 예전 무당집이었던 곳이네〉라고 말해 아침부터 소름이 내 등 위를 파도처럼 타고 올랐다. 하여튼 뭐 하나 평범한 것 없고 스토리 없이 설명 안 되는 것투성이인 곳에 사연 많고 말 많은 내가 들어선 것이다. 태어나자마자 3년마다 나라를 옮겨 다녀 고향이 없던 나는 처음으로 이곳을 영혼의 고향으로 느꼈다. 흩어져 있던 어린 시절의 조각을 모아 놓은 이곳은 남들에겐 난장판으로 보여도 나에겐 파라다이스였다.

우사단 길은 젊은 작가들로 가득 찬 거리였다. 가죽쟁이, 글쟁이, 그림쟁이, 말썽쟁이 등 다양한 사람들이 싼 월세 덕에 정착할 수 있었다. 그들은 행인한테 작은 무언가라도 하나 팔아 월세나 살림에 보탤까 하는 기대감으로 작업 공간을 쇼룸으로 꾸미기도 했지만, 가파른 언덕 위의 우사단 길에서 그런 요행을 바라기는 어려웠다.

우사단 길은 불안정의 집합체였다. 이곳은 워낙 오가는 외국인들이 많았고, 낮에는 어떻게든 꾹꾹 눌러 숨겨도 밤이 되면 주체하지 못하는 여러 욕망이 드러나는 곳이었다. 기(氣)가 별로 맑지 않았다. 이태원에 가장 많이 넘실거리는 것은 불안정하고 골치투성이인 젊은이들이었다. 이곳 젊은이들의 특징은 다음과 같다.

1 남의 이야기를 듣기보다 자신의 이야기를 즐겨 한다.
2 자신의 이야기를 하면서도 주변을 살피며 다른 사람들을 훑는다.
3 나를 잘 알아주는 친구보다는 친구가 많은 친구를 선호한다.
4 유명해지고 싶어 한다.
5 내면보다 보이는 모습이 중요하다.
6 모두가 모두를 〈알고〉 있지만, 막상 길거리에서 마주치면 투명인간처럼 지나간다. 서로를 정식으로 소개받을 때는, 마치 상대를 처음 본 것처럼 멍한 표정을 짓는다(이미 그 사람이 어

떤 일을 하는지, 누구와 사귀었는지, 그 사람의 친구들이 누군지도 알고 있으면서).

이태원의 모두가 이렇다는 것은 아니다. 내게는 이곳에서 만난 가족 같은 친구들도 많다. 하지만 내가 만난 이들 중 너무나도 많은 사람이 위의 특징을 보였고, 저 목록 중의 몇 가지는 부끄럽지만 내게 해당되기도 했다. 바람이 방향을 바꾸는 것보다 더 빠르게 맺고 사라지는 관계들을 갖다 보니 지칠 수밖에 없었다. 가장 아끼던 친구들 사이에도 소홀해졌다. 친하니까 이 정도 부탁은 들어주겠지, 이 정도 이야기는 해도 되겠지, 하며 우리는 가장 아껴야 하는 가까운 관계에서 무례하게 행동하고 있었다.

결과적으로 나의 하루는 사람들로 꽉 차서 마음과 머리가 시끄럽고 소란스러웠다. 잠시 주변 사람들의 관심에서 사라지고 싶었다. 나를 어지럽히는 사람들이 보기 싫었다. 아는 사람이 많은 나였지만, 내가 떠난다고 해서 아쉬워할 사람도 없었다. 그래서 두 번째로 삶을 송두리채 뽑아 버리기로 작정했다. 그만큼의 결단이 아니면 빠져나올 수 없을 것만 같은 끈적거리고 우울한 감정이었다. 그렇게 나는 태평양의 점이 되었다.

첫 불침번

~~~~~

타노아, 태평양

기다리고 기다리던 첫 불침번을 섰다. 항해에 대해 아는 것이 없었기 때문에 기대했던 것도 없었지만, 불침번만큼은 달랐다. 밤바다를 보고 싶었다. 손도 발도 삼킬 듯한 완벽한 어둠 속에 남아 있을 묵직한 내 안의 무언가가 궁금했다. 도시에서는 밤이 더 시끄러운데, 바다의 밤은 고요할 것 같았다. 세상에 인간이 나타나기 이전의 평화, 그 일부를 느낄 수 있지 않을까 내심 기대했다.

불침번이 주로 하는 일은 다음과 같다.

1   갑자기 돌풍이 왔을 때 돛을 줄이거나, 캡틴킴을 부른다.
2   야간 항해를 할 때는 앵커 라이트를 켜지만 해적선이나 피치

못할 사정으로 앵커 라이트(정박등)를 켤 수 없을 때도 있으니 눈보다는 귀를 쫑긋 세워 우리를 향해 돌진하는 무언가가 감지된다면 배의 방향을 틀거나, 캡틴킴을 부른다.

3 배의 레이더가 삑삑거리면 그것이 구름인지 배인지 확인하거나, 캡틴킴을 부른다.

집중력이 웬만큼 있다면 어린이도 수월하게 해낼 간단한 임무였지만, 바다에서 맞이하는 첫 번째 밤은 생각보다 더 깜깜했다. 밤 항해에는 가능한 한 불빛을 없애야 했다. 헤드 랜턴 역시 아주 필요한 경우가 아니면 사용할 수 없었다. 그래야만 다가오는 물체들을 잘 볼 수 있고, 눈이 어둠에 익숙해져 위험한 상황을 알아챌 수 있다. 또 배터리를 아껴야 하기도 한다. 항해란 얼마나 길어질지도 모르는 것이니 가능한 한 모든 것을 아끼고 쪼개고 나누어야 한다. 절약 정신이 절로 생긴다. 미래의 나를 위해 현재의 내가 금욕하는 것이다.

불빛을 아껴야 하는 태평양의 밤은 너무 어두워서 눈조차 빛을 내는 것만 같았다. 말소리나 움직임마저도 조심스러워진다. 밤의 바다를 깨우지 않으려고 말이다.

첫 불침번 때는 사방에 안개가 가득했다. 달빛도 탁한 안개를 뚫지 못해 마스트 맨 꼭대기의 앵커 라이트만이 간신히 배 주변을

밝힐 뿐이었다. 당장 눈앞의 내 손조차 보이지 않는 어둠이었다. 항해를 결심하면서 가장 기대했던 것인 만큼 첫 불침번이 준 실망은 컸다. 바다와의 대화는커녕 그 모습조차 확인하지 못한 채 심심하게 3시간을 비미니 천장만 쳐다보며 지냈다.

그렇게 실망을 가득 안은 채 불침번이 끝나나 싶었다. 마지막 조였던 나는 마지막 순간에 세상이 아침을 맞는 모습을 엿볼 수 있었는데, 어느샌가 그동안 보아 온 모든 것을 통합해도 가장 이해할 수 없는 광경이 한번에 펼쳐졌다. 분명 하늘은 어두운 팥죽색이었는데 갑자기 수평선을 따라 가늘고 얇은 분홍색 줄이 생기더니 서서히 위로 퍼졌다. 자연에서는 찾아볼 수 없다고 생각했던 달콤한

색에 흥분되어 입이 딱 벌어진 사이 서서히 구름들은 주황색으로 바뀌어 갔다. 그리고 계단에 기대서 바람을 느끼는 부스스한 캡틴 킴을 쳐다보느라 얼굴을 뒤로 돌린 찰나, 온 세상은 이미 파란색이 되었다. 하늘은 온갖 동물이 뛰노는 갈대밭처럼 광활했다. 순간 눈물이 터질 것만 같았다. 자연 앞에서 한없이 작게 느껴졌다. 이런 순간을 마주할 수 있다면 아무리 좁쌀 만한 존재가 되더라도 살아 있길 다행이라고 생각했다. 나도 모르게 무릎을 꿇고 하늘을 올려다보고 있었다.

두 번째 불침번도 아름다웠다. 하늘에 별이 심심찮게 박혀 있었는데, 난생 처음으로 별에도 색이 있다는 것을 확인했다. 온도에 따라 강렬한 오렌지빛, 차분한 파란빛, 청초한 초록빛 등 색색의 다이아몬드가 조용히 반짝였다. 파도가 일렁일 때마다 배 옆으로는 플랑크톤이 사르륵 빛을 내며 무리를 지어 흘러갔다. 그마저도 별처럼 반짝이는 걸 보니 바다와 하늘은 서로를 거울처럼 반사하는 모양이다. 그 사이를 우리 배가 얇고 하얀 선을 그리며 아주 느긋하게 지났다.

별 아래에서 끝이 없는 하늘을 보며 〈와, 정말 아름답다〉라는 소리가 절로 나왔다. 〈이쁘다〉라는 표현은 자주 내뱉었지만 〈아름답다〉라는 단어는 혓바닥에 어설프게 감겼다. 아름답다는 것은 시각적 존재에게 가장 최고 권위를 표현하는 단어 같았다. 포근함과

동시에 마음으로 살며시 퍼져 나가는 설렘이며, 어떨 때는 정신도 마음도 내줄 수 있을 만큼 위험한 황홀함이었다. 이렇게 소중한 광경에 감탄하는 내 옆에서 불침번 대기자들은 찬물을 끼얹었다. 중간에 합류한 나에게겐 모든 것이 여전히 새롭고 아름다웠지만, 그들에게는 이미 겪었던 감정들일 테니까. 모두가 한 번씩은 〈앞으로 30일 동안 지겹게 볼 거야〉라고 말했다. 그 말이 맞을 수도 있겠지만 이를 악물고 이 모든 것에 익숙해지지 않기를, 지겨움을 느끼지 않기를 진심으로 바랐다. 그리고 불침번은 꼭 혼자 하겠다는 의지를 굳혔다.

세 번째 불침번 때는 〈오늘도 아무 일도 없이 지나겠지〉하며 안심하려는 찰나에 돌풍이 몰아쳤다. 날씨도 꾸물꾸물했지만 하루 종일 무풍이어서 내일쯤 비가 오려나 했는데 갑자기 천둥이 희번덕거렸고 거세게 비가 쏟아졌다. 아닌 밤중에 홍두깨였다. 레이더에서는 계속 알람이 울렸다. 캡틴킴은 내가 채 내려가서 깨우기도 전에 이미 빤스 바람으로 나와서 돛의 각도를 살피고 있었다. 어리둥절 자다 봉창이나 두드리지 말자는 생각에 필요하면 잽싸게 무엇이라도 잡고 당기고 닦으려고 대기하고 있었다. 그래서 사실 이때까지도 내가 꿈꾸던 불침번은 여전히 경험하지 못했다.

거대한 움직임

타노아, 태평양, 파리

항해 4일 차, 내가 기대하던 불침번의 밤일지도 몰랐다. 마지막 조여서 바다와의 예약 시간은 새벽 4시부터 7시였다. 방에서 자는 게 너무 더워 새벽 1시 30분쯤에 콕핏으로 향했다. 바로 전조가 T였는데 T의 말동무나 해줄까 하며 나갔더니, 정작 T는 누워서 자고 있다가 내 인기척에 놀라 벌떡 일어났다. 불침번은 생각보다 조는 시간이 더 많았다. 배에 머리를 기대고 우리가 떠나온 곳을 바라보는데, 오늘따라 유난히도 바다가 걸쭉하게 느껴졌다. 비가 우두둑 내리고 있었다. 볼 순 없었지만 비미니 위로 떨어지는 소리로 짐작할 수 있었다.

항해를 떠나기 전, 서울에서 혼자 자취를 하던 때가 생각났다.

어린 나이에 시작한 독립이라 집이 작았고 부족한 것도 많았다. 혼자 살기 위한 살림살이여도 구비하다 보니 필요한 것이 왜 이리 많은지, 한 사람의 인생은 실로 무소유와는 정반대였다. 하지만 나만의 힘으로 얻은 최초의 공간이었기 때문에 행복했다. 여름에 조그만 스탠 선풍기 하나로 열을 식힐 수밖에 없었지만, 땀을 뻘뻘 흘리면서 그 공간 속에서 자유와 독립을 만끽했다. 그런 무더운 저녁에는 덜컹거리는 선풍기 소리와 열어 둔 창문으로 흘러드는 동네 소리를 들으며 잠들었는데, 새벽에 비가 내리기라도 하면 오늘 밤은 시원하게 잘 수 있겠다며 하늘에 감사하곤 했다. 비미니 아래에서 빗소리를 들으니 부족함 속에서 행복을 찾던 자취 생활이 생각났다.

눈을 감으면 배의 움직임에 집중할 수 있었다. 출렁임이 더 증폭되어 온몸으로 전달되었다. 자연의 박자에 맞춰 위로, 아래로, 위로, 아래로, 배와 바다가 사랑을 나누는 것처럼 느껴졌다. 사람이나 자연이나 기계나, 모든 사랑의 움직임은 이렇게도 느리고, 빠르고, 부드럽고, 거칠고, 어지럽게 돌고 돌아 얽히고설켜 하나 되는 지경으로 흔들리는구나. 눈을 감고 음미하는데 문득 어딘가 모르게 이런 거대하고 낭만적인 움직임 속에 있는 게 익숙하다는 생각이 들었다. 몸이 위로 살짝 던져지듯 올라가면서 중력을 거스를 때 속 안의 모든 것이 머리로 쏠리는 듯한 붕 뜬 기분, 아래로 다시 돌아오면서 납작하게 지구 속으로 파고들 것처럼 몸이 무거워지는 기분, 이 반복적인 상태가 고향의 품에 돌아온 것처럼 익숙하고 반가웠다. 내 몸은 이미 이 움직임이 배어 있었고, 나는 자연스럽게 받아들이고 있었다. 실제로 사람들이 의아해할 정도로 나는 배 멀미를 하지 않았다. 출항 첫날부터 책을 읽고 일기를 쓰고 사진을 찍고 춤을 추며 다녔으니까. 내 몸이 거대한 움직임 속에 놓여 있던 적이 언제였을까. 아무리 생각해도 떠오르지 않아 다시 눈을 찌푸리며 바다를 내다보고 있었다. 순식간에 하얀 번개가 온 세상을 아주 잠깐 밝혔다가 소리 없이 사라졌다. 아주 잠깐 밤바다의 수평선과 파도의 산맥들이 보였다. 그리고 생각이 났다. 나는 하얀 무스탕을 타고 있었다!

우리 가족이 파리에 살던 시절, 일주일에 한 번 정도 퇴근을 하고 온 아빠는 동생과 나에게 외출복을 입혔고 다같이 문 앞에서 엄마를 차분히 기다리곤 했었다. 그러면 엄마는 어딘가 모르게 기분이 좋아 콧노래를 부르며 화장을 하고 옷을 차려입고 나왔고, 출발 준비가 끝나면 아빠는 우리를 파리 시내 한복판으로 데리고 갔다. 엄마 말로는 저녁을 차리는 게 질려서 짜증이 나려는 날에 어떻게 알고 아빠가 딱 맞춰 외식을 제안했다고 한다. 낡고 덜컹거리는 우리의 하얀 무스탕이 크고 두꺼운 돌이 울퉁불퉁하게 박힌 상제리제 거리를 달렸다. 뒷자리 보호 시트에는 순하디 순한 내 동생이 공갈 젖꼭지를 물고 있었고 나는 그 옆에서 마차 타는 상상을 하며 비 오는 파리 시내를 내다보았다.

나는 어려서부터 출렁이는 움직임에 익숙했고 그래서 비행기를 타도, 배를 타도, 차를 타도 멀미를 하지 않는다. 지대한 역마살이 낀 인생에 멀미가 없다는 것은 불행 중 다행이었다. 반대로 우리 엄마는 외교관인 아빠와 결혼하며 뿌리 없는 삶을 시작하게 되었지만, 아쉽게도 극심한 멀미로 인해 그런 생활을 맞이할 준비가 안 되어 있었다. 이동할 때마다 엄마는 삶이 송두리째 움직이고 있다는 것을 속이 울렁거리는 기분으로 먼저 확인한 것이다. 그에 비해 나에게 땅은 너무 고정적이었나 보다. 무시무시한 지진이 아니고서야 움직임이 전혀 느껴지지 않는 땅은 답답했다. 그래서 가족들이랑 산책을 가거나 학교에서 피크닉을 가다가 만약 내 눈에 조금이라도 경사가 진 언덕이나 동산이 보일라치면, 그 꼭대기로 달려가서 또르르 밑으로 굴러 내려왔다. 굴러 내려오는 도중에 솔방울이고 돌멩이고 나뭇가지고 엄마의 고함이고 나를 멈추려는 것들은 많았지만, 뒤도 돌아보지 않고 굴러 내려왔고 또다시 언덕을 타고 올라 미련 없이 몸을 내던졌다.

올라가는 데는 숨이 가쁘고 무릎이 시렸지만, 내려오는 과정은 짧았다. 눈을 감고 두 팔은 가슴 앞에서 교차해 양 어깨를 잡은 채 도토리처럼 재빠르게 굴러 내려왔다. 어른이 된 지금도 언덕만

보면 구르고 싶은 것은 어쩔 수 없는 본능이다. 하지만 서글프게도 어른이 된다는 것은 특정한 행동들을 더 이상 할 수 없다는 것이어서 허벅지를 꼬집어 가며 자제한다. 다리를 벌리고 앉아도 안 되고, 팔을 마구 휘저으면서 인파 속을 걸어서도 안 되고, 머리를 다리 사이로 끼우고 세상이 뒤집히면 어떨까 하는 상상을 해서도 안 된다. 어른이 된다는 것은 기대했던 것과는 달리 자유보다는 제약이 더 많았다. 움직이는 것을 좋아하는 내게 동작의 폭이 좁은 어른의 몸은 감옥만큼 답답했다.

작은 몸의 내게 무스탕은 거대한 기계였다. 차 시트는 넓고 창문은 높아서 나의 의지와는 상관 없는 그 움직임에 온몸과 의식을 맡겼다. 성인이 되고 나서는 그런 기분을 배 위에서 느낄 수 있었다. 나의 의지와는 달리 파도와 바람이 부르는 대로 모든 것을 맡길 수밖에 없었다. 배는 나를 다시금 작고 연약한 꼬마로 만들었다.

이런 연약함은 휴식처럼 느껴졌다. 그동안 약해도 강한 척, 무서워도 괜찮은 척해야만 했다. 그래야만 하고 싶은 일들을 쟁취하며 모두가 말리는 모험을 앞장서서 시작할 수 있었다. 우리 사회는 약함을 인정하지 않았다. 너그럽게 보듬어 주기보다 한심하게 쳐다보며 내팽겨칠 뿐이었다. 뒤처지지 않기 위해 강해야만 했고 이런 강박은 나의 급속한 성장과 독립의 이면이었다. 그래서 배 위에서 한없이 자연에 기댈 수 있는 이런 생활은 내 숨통을 트여 주었다. 네 번째 불침번 때 나는 깨달았다. 항해는 내게 자유라는 것을.

아빠에게

생각해 보니 아빠에게 편지를 쓴 적이 언제였는지 기억이 나지 않아. 오늘은 아빠가 기이한 딸의 유별난 여행에 대해 물어봤던 것들을 답하려고 해. 전화로는 정신이 없고 사실 그땐 나도 답을 몰랐는데 그래도 며칠 생활하다 보니 감이 조금 잡혀.

우선 우리 배는 타노아이고 아라파니라는 배도 함께 이동하고 있어. 대부분이 선장님한테 항해를 배우려고 온 사람들이거나 선주이거나 시합을 종종 나갈 정도로 요트에 관심 있는 사람들이야. 그러니까 나 혼자 조금 덜떨어진 기분이 들 수밖에 없어. 우리 두 배는 위성 전화로 서로 아침마다 좌표를 주고받고 있어. 일종의 생존 보고랄까? 그 좌표를 배의 레이더에 기입해서 서로의 행적을 비교하기도 해.

아빠가 가장 궁금했던 우리 배의 물탱크 크기는 내 생각에 250리터였던 것 같아. (확실하지는 않아. 들었는데 까먹었거든. 나 숫자에 약한 거 잘 알고 있지?)

마실 수는 없지만 오래 두어도 썩지 않도록 가루로 된 약을 조금 타. 이 물은 몸이나 그릇을 먼저 바닷물로 씻고 나서 소금기를 없애기 위해서 헹구는 정도로만 쓰고 있어.

아빠가 예전에 모로코에 파견되었을 때 우리나라 어선이 그쪽 군 당국에 억류돼서 구하는 일을 했다고 했지? 그 이야기가 무지 궁금해졌어. 돌아가면 꼭 이야기해 줘, 아빠.

바다에 와서도 아빠가 이 세상에서 제일 멋있어.

본능에 의지하기

타노아, 태평양, 제주

4월 18일

아침에 돌고래를 봤다. 매끈하게 생겼다. 귀엽게도 우리 요트 옆에서
앞으로 왔다 갔다 통통 튀어다니며 기분 좋게 춤을 췄다. 동물도 웃
을 줄 아는구나 싶었다.

날치 떼가 날아다니는 것도 귀엽다. 작은 요정들처럼 파도 위를 날아
다니는데, 한참을 공중에서 떠 있다가 물로 다시 들어갈 때는 꼭 높
은 파도에 먹힌 것처럼 급하게 곤두박질친다. 육지에 가면 어떻게 생
긴 물고기인지 한번 공부해 봐야겠다. 은색이라는 것 외에는 형태를
알아보기가 어렵다.

항해 중에는 하루에 두 끼만 먹는다. 육지에서도 종종 아침을 거르던

게 익숙했는데, 이상하게도 허기진다. 여기 오니 더 먹고 싶다. 계속 먹고 싶다. 심심해서 그런가?

아침 볕이 세서 내 이불로 요트 뒤에 차양막을 쳤다. 아늑하고 좋다. 오랜만에 따뜻한 차도 마셨다. 집같이 편하다.

바우에 앉아 있다 보면 파도가 오는 게 보이는데, 그래서 언제 큰 울렁임이 있을지 예측할 수 있다. 큰 파도일수록 더 느긋하고 조용하게 다가온다. 거대한 움직임이 더 성스럽게 느껴진다.

드넓은 바다라고 모두 색이 같지는 않다. 어딘가는 더 짙고 어딘가는 더 반짝인다. 겉이 이런데 안은 얼마나 알록달록할까.

4월 19일

신기한 생활이다. 우리는 신발을 모두 창고에 집어넣었다. 신을 일이 없기 때문이다. 발바닥이 야무져지는 기분이다. 여기저기를 마구 날아다닐 수 있을 것 같다. 샤워도 생각보다 쉽게 할 수 있다. 바닷물을 양동이에 받아서 몸에 뿌리고, 맨 마지막에 물탱크의 물을 잠깐씩 쓰고 있다. 비가 오면 우리는 환호성을 지르며 반가워한다. 샤워를 할 기회! 빨래를 할 수 있다! 비를 맞는 게 이렇게 좋다니. 태평양의 비는 미끈미끈하고 냄새가 나지 않는다. 바닷바람도 냄새가 없다. 비린내가 진동할 것 같았는데 태평양은 아무런 향이 없다.

바람이 불지 않아 배를 세우고 수영을 했다. 너무 시원했다. 겉에서는 어두운 바다가 안에서는 정말 파랬다. 생각보다 바닷물이 별로 짜지도 않았다. 시간이 참 느리게 간다. 바다 수영도 하고 샤워도 두 번이나 했는데, 오전 11시도 안 되어 깜짝 놀랐다. 지금, 저녁을 다 먹었는데 저녁 7시도 안 됐다. 금세 어두워져 쓰고 있던 것들이 안 보이기 시작한다.

별이 빽빽하게 박힌 밤이었다. 내가 몇 번째 교대였는지 기억나지 않는다. 모두가 평소에 못 자던 잠을 다 자는 것처럼 떼 잠을 잤다. 소금기를 잔뜩 머금은 무거운 공기에 하루 종일 둘러싸여서인지, 파도의 몸놀림마다 반사되는 수천만 개의 뜨거운 태양 빛을 그대로 눈이 흡수해서인지 자도 자도 졸렸다. 하루에 7시간 자면 충분하던 생활에서 하루에 7시간 깨어 있는 생활로 바뀌었는데도 하루가 무지 느리게 간다. 그렇게 잠을 자고 나니 몸에 밴 시간의 습관이 희미해졌다. 태평양을 가르며 시차라는 것도 없이 그저 심심해서 자고, 배가 울렁여서 자고, 비가 와서 잤다. 그래서 귀뚜라미 소리를 들었던 그날의 불침번이 몇 시였는지 전혀 기억이 나지 않는다.

낮에 분명 많이 잤는데도 어두워지니 또 스르륵 눈이 감겼다. 눈앞에 별빛이 재잘재잘거리는 듯 반짝이는 모습이 사랑스러웠다. 자연도 강아지나 애기나 애인처럼 사랑스러울 수 있다. 내 초점은 점점 흐려져 갔다. 거북이처럼 눈을 느릿하게 떴다 감았다. 형태 없는 여러 생각이 주마등처럼 지나 연기처럼 퍼져 나갔다. 이렇게 많은 별빛을 본 게 언제더라? 기억을 거슬러 올라갔다. 몇 년 전 여름 제주도에서 2주 정도 생활했던 때, 그쪽 동네에서 유명한 돼지고기를 먹으러 가겠다며 친구랑 제주도 들판을 헤맸던 적이 있다. 한참 헤매다 올려다본 하늘의 별, 태평양에서 내가 보았던 것의 반의 반도 안 되었겠지만 그때는 생각했다. 〈와, 언제 내가 이렇게 많은 별빛을 봤더라.〉 제주 저녁의 들판은 아름다웠다. 농작물이 바람에 춤추는 소리가 귀뚜라미 소리와 함께 들려왔고, 우리는 그 소리를 듣느라 대화를 접어 두고 걸었다. 제주의 기억이 한참 무르익어 가던 차에 절대 태평양에서 들을 수 없는, 아니, 들려서는 안 되는 소리가 들려왔다. 찌르르륵 찌르륵. 내 기억력이 청각적 착각을 불러 일으킬 정도로 강력한가? 정말? 내심 그러면 좋겠다며 무시하고 잠에 들려는데 이번에는 조금 더 크게 들렸다. 찌르륵 찌르륵. 현실적으로 들려오는 그 소리에 정신이 번쩍 들어 다음 불침번 주자로 내 옆에서 자고 있던 T를 깨웠다.

「잘 들어 봐!」

새까맣게 타버린 얼굴 때문에 T에게는 긴장한 내 두 눈밖에 안 보였을 것이다.

「아무것도 안 들리는데?」

「아니야. 들어 봐. 귀뚜라미 소리야.」

뜬금 없는 귀뚜라미라는 단어에 T도 자세를 고쳐 앉았는데, 꼭 이럴 때는 안 들리더라. 미안해질 정도로 조용한 파도 소리만 들렸다.

「너가 들린다니까 들리는 것 같기도 하고, 내는 모르겠다.」

T는 등을 돌려 누웠다. 그래, 태평양에서 귀뚜라미 소리가 들릴 리 없지. 나도 바로 수긍하며 누웠다. T는 금세 코를 골며 잠들었고, 다시 어딘가에서 얄밉게도 찌르륵 소리가 들려왔다. 귀뚜라미는 아니겠거니 생각하며 무시하고 잠에 들었다.

그다음 날 아침이 되어서야 소리의 정체를 알 수 있었다. 불침번을 마치고 방에 들어가 자는 동안 귀뚜라미 소리는 점점 선체 안에 퍼져 나갔다. 생활음에는 무덤덤한 캡틴킴이지만, 배에서 나서는 안 될 소리가 조금이라도 나면 몇 만 리 멀리 지나는 꿩의 냄새를 맡은 사냥개처럼 벌떡 일어났다. 밤새 배 안의 모든 구석구석을 뒤집어엎어 소리를 찾았는데, 범인은 냉장고 밑의 구멍으로 물건이 빠지지 말라고 대어 둔 종이 쪼가리였다고 한다. 그 종이 때문에 냉장고 안의 부속품들이 서로 부대껴서 소리를 냈는지 종이를 빼자 잠잠해졌다고 한다.

벌레를 워낙에 싫어해서 소리의 정체가 귀뚜라미가 아니라는 사실에 안심했고, 별이 가득한 밤하늘 아래서 귀뚜라미를 상상해

냈던 내 기억 회로가 뜬금없다고 생각했다. 벨 소리만 들으면 침 흘리는 파블로프의 개처럼 〈별 하면 시골 들판, 시골 들판 하면 귀뚜라미〉로 생각이 길들여진 것도 아닌데, 태평양에서 귀뚜라미라니 진부하다 진부해! 다음부터는 더 창의적이거나 아니면 차라리 논리적이기라도 한 추측을 해보겠노라며 다짐했다.

무더위가 다가오기 전에 다같이 서둘러 아침 식사를 하고 있었다. 바람이 부는 방향으로 거의 45도 꺾여서 달리는 배 위에선 아침밥도 점잖이 내려 놓고 먹을 수가 없었다. 캡틴킴이 갑자기 기억났다는 듯 한 손엔 숟가락을 다른 손엔 밥그릇을 허공에서 들고는 말을 꺼냈다.

「아, 맞다. 나 귀뚜라미 잡았어.」

「네? 귀뚜라미가 맞았어요? 냉장고가 바닥에 부딪치면서 난 소리가 아니에요?」

「화장실에 있던데? 그래서 콱 하고 죽여 버렸지.」

여태까지 물건들이 부대끼는 소리라고 안심했는데, 다리 여덟 개 달린 것의 살려 달라는 멀미 속 괴성이었다는 사실을 접하자 갑자기 소름이 돋았다. 동시에 얼마나 나의 본능을 신뢰하지 않는지 반성할 수밖에 없었다. 기억을 되감아서 그때의 찌르륵 소리를 다시 생각해 보면 도통 냉장고가 낼 만한 소리는 아니었다. 커졌다 작아졌다 심지어 이쪽 방과 저쪽 방 모두에서 들릴 정도였다. 냉장고에 다리가 달려서 이 방 저 방 옮겨 다니는 것도 아니고 목젖이 달려서 소리를 조절하는 것도 아닐 텐데. 그래, 그것은 당연히 생명체의 소리였단 말이다. 그러한 나의 원초적인 본능, 논리로는 설명할 수 없지만 온몸으로 확신하는 것들에 어리석을 정도로 회의적인 태도를 가지다니. 태평양에서는 인간의 동물적인 직감에 충실해야 한다. 새들이 오늘 배를 맴돌지 않는 이유를 파악하는 것, 물고기 떼가 주로 다니는 시간을 가늠하는 것, 구름이 비를 머금고 가는 방향을 알아채는 것 등은 모두 본능적 감각에 의존해야 한다. 하지만 나는 콘크리트 정글에서 본능을 억제하며 살아왔기에 본능만이 필요한 바다에서조차 그것을 철저하게 무시했다. 나는 역시 도시에서 온 겁쟁이었다.

어느 화창한 날, 캡틴킴이 갑자기 내 이름을 외쳤다.

「얼른 가서 키 잡아. 오토 파일럿 끄고 수동으로 해놓고 휠 잡아.」

「제가요? 지금요? 당장요?」

항해한 지 일주일이 채 안 되는 내게 주어진 눈부신 기회였는데, 두려웠다. 나는 그렇다 치고 나머지 네 명의 목숨을 책임지는 상황이라니. 여차 하면 캡틴킴이 뛰어올라 와 바로잡아 놓을 테지만 나로 인해 크루들이 조금이라도 멀미를 느낀다면 어쩌나 하는 걱정이 가장 먼저 앞섰다. 그래도 오는 기회를 대부분 허투루 흘려

보내지 않기로 결심한 이상 고개를 저을 순 없었다. 침을 꿀꺽 삼키며 키 앞으로 성큼성큼 다가갔다. 하필 오늘따라 파도가 거셌다.

자동차와는 달랐다. 파도와 바람의 영향을 고스란히 받는 거대한 배는 내가 오른쪽으로 휠을 돌려도 바로 반응하지 않았다. 계속해서 배의 각도를 확인하려고 네비게이션 보드를 내려다보자 캡틴킴은 또다시 소리쳤다.

「바람을 느껴야 돼. 자꾸 밑을 내려다보면 늘지 않는다. 앞을 보고, 바람을 읽고, 파도를 느껴!」

도통 알 수가 없어 그저 애꿎은 고개만 계속 끄덕였다. 바람을 어떻게 읽어야 하고 파도는 어떻게 느껴야 하는걸까. 왼쪽에서 바람이 오는구나, 아, 파도가 아까보다 조금 더 심하게 출렁이네 하고 느낄 수는 있어도 그 〈느낌〉만을 가지고 어떻게 배를 정확하게 움직여야 하는지 눈앞이 캄캄했다. 자꾸만 흔들리는 무릎으로? 파도와 싸우며 요동치는 휠을 잡은 손끝으로? 구름이 가까워졌는지 멀어졌는지 자꾸만 곁눈질하는 나의 눈으로? 모든 답은 본능에 있을 것이다. 하지만 귀뚜라미 소리를 또렷이 듣고도 냉장고 소리라니까 바로 고개 숙인 것이 본능에 대한 나의 태도였다. 휠 앞에서 자신이 있을 리가……. 30분 동안 배는 이리 치이고 저리 치였다. 나의 본능은 다시 한번 고개를 숙였다. 어쩌다 내가 태평양 한복판에서 운전대를 잡고 있는 거지! 내 인생 참 평탄하지가 않구나.

바람과 바다

～～～

타노아, 태평양

⛵

4월 25일

오늘은 지민이 생일이다. HAPPY BIRTHDAY! 비록 싸우고 떠나왔

지만, 그래도 하나밖에 없는 내 동생 사랑해.

어제저녁에 남십자성을 보았다. 별자리를 보며 누가 아무리 이것저

것 알려 줘도 도대체 어떤 별이랑 어떤 별을 연결하라는 건지 도통

몰랐는데, 여기에서 보니 별자리에 속하는 별들은 다른 별들에 비해

확연하게 반짝인다. 남십자성 옆에는 가짜 남십자성이라고 불리는

별자리도 있는데, 도대체 무슨 기준으로 가짜라는 건지! 오히려 남쪽

을 더 정확하게 가리키는 것은 가짜 남십자성이란다. 남십자성과 가

짜 남십자성 사이에 안드로메다가 있다. 말로만 듣던 안드로메다를

직접 보니 아름답다. 나에게는 밤 항해가 가장 즐겁다.

어제는 달이 보였다. 처음으로 누운 달을 보았다. 그렇게 가까이서 본 적은 없었다. 달빛이 저녁 바다에 은은하게 반사되었고, 그 빛이 요트까지 닿으려는 것 같았다. T에게 예쁘지 않느냐고 했지만 T는 이미 많이 봤다면서 무덤덤해했다. 많이 봤다고 해서 아름다운 것이 덜해지는 것은 이해하기 어렵다. 거대한 아름다움을 함께 즐길 사람이 없으니 마치 이 모든 것이 무의미하게 다가올 정도로 외롭다.

하늘은 아직 밝은데 구름이 무지 어둡다. 어딘가 모르게 긴장감이 생긴다. 바다도 어둡다. 한동안 바람이 잘 불어 엔진을 끄고 달렸다.

오늘따라 바람 소리가 이상하다. 도시에서 들리는 윙 하는 소리가 여기서도 난다. 빌딩들 사이에서나 나는 소리인 줄 알았는데, 아무것도 부딪힐 게 없는 여기서도 들리는 걸 보니 본디 바람의 소리인가 보다. 이제서야 비로소 아무 보호막 없이 파도 바로 옆, 바다에 있다는 게 느껴진다.

밤새 돌풍이 몰아치고 갔다. 비가 엄청 오고 파도도 거셌다. 사방은 바다의 아우성으로 가득한데 배는 거의 요지부동이었다. 프로펠러에 무언가가 감겨 배가 앞으로 가지 못한다고 생각한 캡틴킴이 결국 확인하러 바닷속으로 잠수했다. 이것은 용기도 용기지만, 부지런함 이라고 생각했다.

금요일이 와서 그런지 시간이 빨리 가는 기분이다. 이상하게도 주말 과 평일 사이의 요일 구분 개념이 없어진 것 같은데도 금요일은 반갑 다. 한 주가 그래도 절반 이상 지났다는 것이 기쁜 걸까? 아무것도 한 것이 없는데!

오늘은 새가 왔다. 바우 앞에서 돌고 돌더니 앵커(닻) 쪽에 앉았다. 비 가 아무리 와도 바람이 아무리 불어도 그곳에 붙어 있었다. 우리는 모두 콕핏에 앉아서 이것저것 하며 시간을 보내며 종종 새가 있는지 쳐다본다. 내가 알프레도 Alfredo 라고 작명했다.

오늘 읽은 책에 사막의 수평선은 너무 멀다는 말이 있었다. 흠, 사막 의 삭막함이 자아내는 감정이려나? 신기루일지도 모른다. 360도로 펼쳐지는 가도 가도 다가오지 않을 것 같은 불안 속의 신기루.

태평양의 수평선은 그렇게 멀게 느껴지지 않는다. 전혀! 그것은 우리 주변을 전반적으로 둘러싸고 있다. 그래서 가끔은 우리가 어항 속에 놓인 물고기가 아닐까 생각한다. 나는 지구가 똥그랗다는 것에 동의 하지 않는다. 차라리 원 모양의 은반 같다고나 할까!

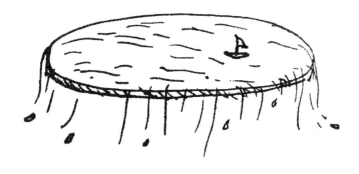

예상하고 기대했던 것보다 불침번은 재밌지 않았다. 결단코. 생각보다 너무 졸렸고, 매일 순번이 바뀌어서 생활 리듬을 맞출 수도 없었다. 콕핏으로 올라가면 눕자마자 흔들리는 배의 각도를 감안하여 잠들기 가장 편한 자세를 찾느라 바빴다. 눈을 감고 이리 뒤척저리 뒤척 하다가 눈이 스르륵 감길 때가 있었고, 그 자세 그대로 3시간을 보내는 때가 많았다. 양심껏 30분마다 알람을 맞추어 놔서 잠시 깨어나지만, 이것마저도 처음에는 10분 정도 눈을 떴지만 하루하루 지날수록 알람을 끄자마자 바로 기절해서 자버렸다. 사람의 적응력이 이렇게도 무섭다. 배가 거의 사선으로 기울어졌는데도 마치 요람에 있는 것처럼 그렇게 잠이 잘 올 수가 없었다.

　내 생각에 나는 불침번을 제대로 서는 방법을 몰랐다. 예컨대 구름의 변화를 살핀다던지, 별의 움직임을 지켜본다던지, 파도의 출렁임을 유심히 느낀다던지 해야 할 텐데 그런 변화를 감지한다

해도 그것이 무슨 의미인지, 어떠한 행동을 취해야 하는지 몰랐기 때문에 모두 무의미하게 느껴졌다. 내가 할 수 있는 최선은 갑자기 바람이 불 때나 우리를 향해 돌진하는 고래 또는 갑자기 떨어지는 유성을 보고 캡틴킴을 부르는 것뿐이었다. 나의 쓸모가 조금 더 있었으면 불침번을 더 즐길 수 있을 텐데. 제대로 알지도 못하는 것을 반복적이고 의무적으로 하는 기분은 찰리 채플린이 연기하는 도시 바보나 다름 없었다.

그러다 보니 두 시간 동안의 불침번은 콕핏에 누워서 별을 보는 일로 흘러갔다. 도시에서 살 땐 별 보는 일이 드물었다. 가끔 가다 한두 개 빛나는 빛을 보면 비행기인지 아닌지 가늠하기 위해 유심히 지켜보고는 5초 이상 움직이지 않으면 〈아직 별이 보이긴 하는구나〉라며 소박한 기쁨을 느낄 뿐이었다. 하지만 태평양에는 별이 넘치다 못해 쏟아졌다.

매일 불침번을 서다 보니 눈에 낯익은 별의 무리가 있고, 그것들이 별자리라는 사실을 깨달았다. 별자리를 관측한 고대 그리스 학자들은 정말 어지간히 상상력이 좋고 심심했던 모양이다. 어떻게 무수히 많은 별들에서 항상 같은 위치에 있는 별을 찾아내지 싶었다. 그런데 보였다! 어제도 봤고 오늘도 보이고 내일도 있을 사각형을 이루는 네 개의 별과 그 중간에 세 개의 점으로 존재하는 별의 무리! 이미 수천 년 전에 학자들이 발견한 것들이지만 오늘 밤

홀로 유레카를 외쳤다.

어린아이들은 별것도 아닌 것에 한번 궁금증이 생기면 하루이틀 사흘 내내 머릿속에서 질문이 멈추질 않는다. 마치 무엇에 홀린 사람처럼 눈에 초점이 사라진다. 나 또한 어렸을 때 여러 종류의 궁금증에 사로잡혀 있었는데 하루는 종일 비구름에 대해 생각했다. 어릴 때 비를 맞으면서 이 세상 모두가 동시에 우산을 써야 한다고 생각했다. 학교에선 분명 비가 주룩주룩 왔는데 머나먼 거리

를 뚫고 바다도 하늘도 건너느라 지직거리는 전화기 너머의 이모는 서울이 쨍쨍했다고 했다. 그때 내가 알고 있던 세상이 무너져 버렸다. 내 주변에서 가장 똑똑한 아빠에게 물었다. 걸어다니는 백과사전인 아빠는 빗방울이 모인 구름이 떠 있는 곳에만 비가 내린다고 했다. 그러면 만약에 내가 비구름이 있는 곳과 없는 곳의 중간에 서 있다면 나의 한쪽은 비를 맞고 다른 한쪽은 말라 있다는 이야기야? 그런 경우는 극히 드물겠지만, 〈만약에〉 그 경계에 서 있다면 그럴 것이라고 했다.

태평양에 와서 다섯 살 꼬마의 내게 보여 주고 싶은 장면을 매일매일 마주했다. 콕핏에서 또다시 시작하는 크루들의 끝이 없는 이야기에 지쳐 바다를 바라보고 있었는데, 저 멀리 수평선 너머에 무거워 보이는 검은 구름이 비를 쏟아 내고 있었다. 우리가 있는 하늘 아래 태평양은 눈이 부실 정도로 환했지만 저 멀리는 무서운 비가 내리고 있었던 것이다.

배를 돌려 비구름 아래로 가고 싶었다. 아니, 비구름의 끄트머리에 있고 싶었다. 사람들이 개고기와 새로운 대통령에 대해 언성 높여 이야기할 때, 나는 다섯 살 때부터 나를 멍하게 만들었던 비에 대한 것을 묵묵히 이해하고 있었다. 아무 말 없이 수평선을 바라보며 나 혼자 그렇게 또 성장했다.

첫 번째 위기

타노아, 태평양

⛵

5월 1일

위험이란 항상 방심할 때 오는가 보다. 태평하고 여유로운 순간에 엄습해서는 사람을 완전히 바보로 만들어 버린다. 우리는 즐겁게 항해하고 있었다. 그날따라 바람이 없어서 엔진으로 겨우 밀고 가던 배를 멈추고 잠시 표류하기로 했다. 각자 수영복으로 갈아입고서 따뜻한 바다로 입수했다. 캡틴킴은 너울이 조금씩 있으니 배에서 너무 멀어지면 안 된다며 내가 조금이라도 멀어지면 가까이 오라고 다그쳤다. 밑으로 봐도 위로 봐도 옆으로 봐도 끝이 닿지 않는 곳에서의 수영은 발길질을 쉽게 멈출 수 없었다. 태평양의 품에 가만히 있으면 멀리 떠내려가 버릴 것만 같다.

캡틴킴과 T는 배 밑의 따개비를 제거하는 작업을 시작했다. 상어처럼 배 주위를 배회하는 그들의 모습을 찍기도 하고, 다시 바닷속으로 들어가기도 하며 재밌게 시간을 보냈다. 그래도 항해라는 것은 도착지에 신속하게 가는 것이 목표이기에 오래 지체할 수는 없었다. 모두 배 위로 올라와 간단히 샤워를 하고 엔진을 켜려던 찰나에 T가 말했다.

「큰일났습니다. 시동이 안 걸립니다.」

생각보다 차분했다. 있을 수 없는 일이었다. 엔진이 안 걸리면 무풍 속에서 파도를 뚫고 갈 수 없어 표류하는 수밖에 없다. 전기도 없어서 냉장고도 꺼야 하고, 오토 파일럿도 끈 채 수동으로 항해를 해야 하고 또, 또……. 캡틴킴이 말했다.

「오! 엔진이 고장났구나? 어쩔 수 없다. 돛을 펴보자. 바람이 조금이라도 도와주겠지.」

요트의 요 자도 모르고 탄 나는 침착한 캡틴킴의 모습에 오호라, 엔진 고장은 아무것도 아니구나, 자주 있는 일인가 보네, 싶어서 시키는 대로 제노아를 폈다. 돛에 바람이 모이자 요트가 조금씩 앞으로 가기 시작했다. 캡틴킴은 살롱으로 내려가 계단을 열고 밑에 숨어 있는 엔진 룸을 개방시켰다. 문을 열자마자 뜨거운 기운이 나면서 열이 올라왔다. 헤드 랜턴을 머리에 두르고 드라이버 하나로 엔진 구석구석의 나사를 풀었다 조였다 두드렸다 닦았다를 반복했다.

나는 어려서부터 아주 훌륭한 조수로 훈련된 상태였다. 어떠한 장인이라도 상관없이, 그와 15분만 지내면 완벽한 조수가 될 자신이 있다. 일요일마다 회를 뜨는 아빠 옆에서나, 손님이 오는 저녁마다 꽃꽂이를 하는 엄마 옆에서 제때에 필요한 것들을 신속하게 건네 내가 필요한 존재임을 재차 확인하곤 했다. 능력 있는 조수는 다음과 같은 조건을 갖춰야 한다.

1 필요한 것을 10초 전에 손에 쥐고 있다.

2 과정에 너무 개입하면 안 된다. 그리고 너무 관심을 갖고 쳐다보느라 장인의 콧구멍 아래로 내 머리를 쑤시는 일은 피하도록. 너무 가까이도 멀리도 아닌, 상황을 인지할 정도의 거리를 유지한다.

3 필요한 물건이 지하실이나 높은 선반에 있더라도 재빨리 가져올 수 있도록 달리기 시합 때처럼 〈준비, 시……〉의 자세로 대기한다.

결국엔 모두 눈치가 빨라야 할 수 있는 일이다. 그래서 캡틴킴이 마치 의사처럼 드라이버로 엔진의 이곳저곳을 들쑤실 때, 캡틴킴이 콧수염을 깎을 때 쓰는 보라색 손거울과 헤드 랜턴을 들고 시야가 닫지 않는 구석구석을 비추었다. 캡틴킴이 의사라면 나는 보조 간호사였다. 두 시간 내내 우리는 그렇게 배의 심장을 관찰했다. 하지만 해답을 찾지 못했고, 앞으로 20일 정도 남은 항해 동안 부디 바람이 잘 불어 주길 바랄 뿐이었다.

묘하게 침착했다. 태평양 한가운데서 엔진이 고장났다 한들 철물점에 가지도 못하고, 전문 기사를 부를 수도 없는 노릇이다. 그렇다고 요트를 치면서 내 인생 헛살았네 하며 대성통곡을 할 수도 없다. 원래 우리의 항해는 기본적으로 바람과 돛으로 속도를 내서 가는 것이었기에, 엔진이 고장나 생길 최악의 상황은 도착일이 늦춰지는 것뿐이다. 엄마의 말대로 나는 어딜가나 마음속에서 여행을 하는 사람이니까 지금의 상황이 두렵지 않다.

엄마에게

지금 엔진 없이 항해를 하고 있어. 그게 무슨 의미인지 엄마는 잘 모를 수도 있겠다. 그 뜻은 말이지, 바람이 없으면 없는 대로 태평양에 그대로 멈춰 있어야 한다는 뜻이야. 지금까지는 무풍 땐 엔진을 켜서라도 앞으로 갔거든. 그리고 또 말이지 만약에…… 만약에 해적이 우리에게 온다면 그때도 바람에 모든 것을 걸고 도망쳐야 한다는 이야기겠지? 그렇다고 지금 무동력 항해가 두려운 건 아니야! 그저 이 생활을 5개월 동안 하는 것만이 나의 일이니까. 선장님도 있으니까 두렵지는 않아. 그런데 내가 연락이 안 되는 동안 친구들한테 외로운 일이 생길까 봐, 엄마 아빠가 내가 보고 싶어서 잠을 못 잘까 봐 두려워. 나는 여기서 재밌게 지내고 있는데 말이야.

앗, 선장님이 부른다. 이만 줄일게. 바다만큼 사랑해.

살면서 정말 위험했던 적이 몇 번 있었다. 워낙 성격이 말괄량이어서 철봉에서 떨어져 앞니가 부러졌다거나, 롤러스케이트를 타고 무릎을 시원하게 밀어 버리는 일이 예삿일이지만, 내가 말하는 이 사건은 죽음이 채 1분도 안 되는 거리에서 나를 기다리고 있었던 순간이다.

덴마크에서 고등학교를 다닐 때였다. 그때 방과 후 수업 중 하나로 국제 토론 대회 동아리를 하고 있었다. 점잖은 척해야 하며, 세상만사에 대해 개인적인 소견을 가져야 하는 그 동아리의 특성에 질려 있었다. 어느 날 시내에서 2시간 이상 떨어진 다른 학교에 토론을 하러 간 적이 있었다. 토론이 어떻게 진행되었는지도 모르게 저녁이 되었고 친구들과 기차를 타고 시내로 돌아오기 위해 기다리고 있었다. 줄줄이 가로등이 선 승강장 한구석에 앉아 모두들 나지막하게 소근거리며 피곤함을 달래고 있었다. 그 소리가 나무들이 바람에 스치면서 내는 바스락거리는 소리와 뒤섞여 몽환적이었고 우리들의 모습도 꽤 낭만적이라고 생각했다.

그 순간을 기록하고 싶어서 카메라를 꺼내 친구들이 앉아 있는 곳에 갔다. 친구들은 시야에 들어오는데 가로등이 보이지 않아 뒷걸음질을 했다. 그래도 담고 싶은 것들이 담기지 않아 한 걸음 더 한 걸음 더 뒤로 갔다. 그러다가 나는 친구들의 시야에서 완벽히 사라졌다.

승강장 밑 철로에 허리를 부딪힌 충격으로 허덕거리며 올려다본 덴마크의 밤하늘은 정말 어두운 동굴처럼 어두캄캄했다. 몸을 움직일 수 없었지만 머릿속은 정신없이 이 생각에서 저 생각으로 뒤죽박죽이었다. 아, 아직 슬로우댄스도 한번 추지 못하고 이렇게 죽는 건가? 서러움 때문이었는지 허리의 통증 때문이었는지 눈을 질끈 감았을 때 눈물 한 방울이 또로록 떨어졌다.

다행히도 행동이 빨랐던 친구가 나를 구출해 주었다. 친구는 그 깊은 철로까지 뛰어내려 와 나를 올려 다른 친구에게 맡기고, 내 카메라를 들고 뒤이어 올라왔다. 그때 승강장 위 표시판에는 전철이 45초 후에 온다는 알림이 떴다.

그 이후로 사진에 대한 관심이 싹 사라졌다. 미술 수업을 들으면서 와이어를 엮어 거즈를 붙인 괴상한 조각도 만들었고, 세로 170센티미터에 가로 90센티미터나 되는 큰 캔버스를 직접 제작해 그림을 그리기도 했다. 정말로 사진에는 관심이 가지 않았다. 오히려 나를 구했던 친구가 나중에 내가 카메라를 판다는 소식을 듣고 그 카메라를 샀고, 친구는 요즘도 여러 클럽에서 광란의 현장을 사진에 담는 일을 한다고 들었다. 그때 내 목숨과 사진에 대한 열정을 맞바꾸었던 것 같다(잠시나마).

태평양의 점이 되다

타노아, 태평양

⛵

5월 2일

어제 배의 심장이 고장난 이후로 우리는 정말로 무동력 항해를 하고 있다. 엔진이 고장났지만, 태양열이 있기 때문에 그 전력으로 레이더는 켤 수 있었지만, 앞으로는 불침번 때마저도 레이더를 꺼야 했다. 이제는 절대로 졸면 안 된다. 다시 한번 말하지만, 우리는 엔진도 레이더도 없이 항해를 하고 있다.

어딘가 모르게 모두가 기력이 쇠했다. 어제까지만 해도 이제 진짜 모험을 시작하는구나 하며 기뻤는데, 앞으로 힘겹게 꾸역꾸역 가는 배를 타고 있으니 속이 터질 것 같다. 보통 배는 생각보다 빠르지 않다. 수영으로 따라잡을 수 있을 정도로, 자전거 속도보다도 느리다. 그저

쉴 틈 없이 밤새 달리기 때문에 어딘가로 이동하는 것일 뿐이다. 바람이 안 좋을 때 엔진으로나마 밀어붙여야 하는데 그마저도 없으니, 정말 답답하다.

5월 3일

무풍이다. 바람의 힘만으로 앞으로 가는데 바람이 불지 않는다니! 포세이돈은 우리의 편이 아닌가 보다. 죽치고 앉아 있어 봐야 뭐 하나 싶어서 우리는 돛을 다 접고 바다에서 수영을 했다. 그러다 해파리에 물렸다. 물리자마자 기분 나쁘게 찌릿한 그 기분에 해파리임을 직감했다. 물에서 나와 몸을 말리다 보니 팔에 해파리 다리 모양으로 살이 빨갛게 부어올랐다. 종이에 손가락이 베이는 것처럼 불쾌하다. 따끔거리고 간지러워서 물 밖인데도 내 팔에 해파리가 감긴 것 같다. 해파리는 바다 속의 모기 같은 존재다.

오늘은 엄마 생일이라 전화를 했다. 목소리를 듣자마자 울 줄 알았는데 반가움이 더했다. 나만큼 들뜬 엄마 아빠 목소리가 좋았다. 모두들 목청 높이며 서로의 안부를 물었다. 이번 여행의 의미가 정말 크기는 한지 모두가 나를 숨죽이며 지켜보고 있다. 엄마는 생일이라 전화했느냐며 눈물이 나려 한다고 했다. 나의 여행에 대해 이렇게 밝은 응답을 해준 것이 처음이라 행복했다. 위성 전화 너머로도 엄마의 목소리는 선명했다. 밤마다 달빛을 보며 엄마 생각을 한다고 했더니 그렇게 자주 하라고 했다. 아빠와도 통화를 했다. 아빠는 여전히 질문이 무지 많았다. 옆에서 엄마가 웃는 소리가 들릴 정도로 정말 집요했다.

바람을 품어야 돛이 팽팽하게 힘을 받는데 무풍에 돛을 펴면 돛이 기분 나쁜 소리를 내며 펄럭거릴 뿐이다. 펑펑 하며 돛이 발악을 하여 찢어질까 봐 감아 놓았는데, 그 때문에 파도가 밀치는 대로 배는 저항도 하지 못하고 양옆으로 곤두박질쳤다. 붐(돛의 밑부분을 지탱하는 봉)이 삐걱거리는 소리, 마스트가 휘는 소리 등 이리 치이고 저리 치이면서 배가 여러 굉음 속에서 많이 아파하는 것 같았다. 그 소리 때문에 마음이 불편해 잠이 잘 오지 않았는데, 이날 따라 엄마 생각도 많이 났다.

떠나기 직전 받은 편지들을 읽었다. 모두 너무 보고 싶었다. 여기 온 이후 사람들과 접촉이 사라져 점점 내 자신이 투명하게 없어질 것만 같은 기분이 종종 들었다. 이렇게 이전의 흔적들을 통해서 내 자리를 다시 찾아갈 수 있었다. 돌아가면 더 잘해야겠다는 생각이 계속 들었다. 왜 소중한 것은 곁에 있을 때는 모르는지. 인간의 한계인 것일까.

엄마에게

잘 지내고 있어? 엄마 생일에 전화를 했지! 위성 전화는 위급 시에만 해야 하는 거라고 생각했지만 아주 조심스럽게 선장님에게 여쭤 보았더니 이럴 때 쓰라고 있는 거라면서 1980년대에서 타임 머신을 타고 날아온 것만큼 무겁고 투박한 위성 전화를 건네주셨어.

위성 전화 너머로도 〈수민아, 엄마 생각 자주 해〉라는 엄마의 목소리가 선명하게 들렸어. 지금 생각해 보니까 그 이야기는 단순히 엄마를 잊지 말라는 이야기가 아닌 것 같았어. 엄마가 도와줄 수 없는 상황이지만 괴로울 때면 엄마 생각을 하면서라도 버티라는 뜻이었던 것 같아. 그렇게라도 힘을 주고 싶었고, 그것이 그렇게밖에 나를 지키지 못하는 엄마의 최선이었던 것 같아. 맞지? 이건 착각이 아님에 틀림없어.

아빠가 했던 질문들은 다 기억하고 있다가 돌아가서 대답해 준다고 전해 줘. 아빠의 집요한 질문에 옆에서 엄마가 웃는 소리가 들렸는데 둘 다 너무 보고 싶더라.

엄마, 선장님은 참 특이하신 분이야. 바다에 대한 정말 무서울 정도의 지식을 갖고 있어. 그리고 정말 모험적이셔. 이 사람도 겁을 먹을까? 대체 어떤 것을 두려워할까? 그런 사람이라도 다른 두려움이 있겠지? 오히려 보이지 않는 것들에 대한 두려움일 거야. 우리는 모두 두려움을 갖고 있으니까 말이야.

나의 두려움은 사랑하는 사람들이 보내는 차가운 눈빛과 그들을 아프게 하면서까지 나이기를 포기하지 못하는 내 욕심과 고집이야. 엄마의 두려움은 뭐야?

하루에도 몇 번씩 고개를 뒤로 젖혀 하늘을 보며 〈아, 엄마 보고 싶다〉라고 속삭일 정도로 그리워. 바다만큼 사랑해.

못된 엄마 딸 수민이가.

5월 5일

지금 보름달이 마지막 모습을 보이고 있다. 예전보다 빛이 덜하다. 배의 위치가 바뀌어서 그런지 달의 위치도 묘하게 바뀌었다. 육지에 도착하면 천체 과학 교과서를 사고 싶다.

을지로입구의 물고기

~~~

타노아, 태평양

바람이 없던 수많은 날 중의 하루였다. 엔진이 고장 나서 바람도 없이 꼼짝 못한 채 태평양 한가운데 갇힌 상태였다. 호수만큼 잔잔한 바다의 표면은 은쟁반처럼 우아하고 경건하게 빛을 반사하고 있었다. 피아노 연주 소리가 쟁반 위를 구르는 구슬이라고 한다면, 이날 바다의 표면은 딱 그 쟁반이었다. 구름 한 점 없이 맑았다. 이 넓은 태평양의 유일한 움직임은 느리게 바다를 가로지르는 요트 뒤꽁무의 물결뿐이었다.

라이프 라인(난간)에 턱을 괴고 다리는 요트 밖으로 늘어뜨린 채 멍하니 앉아 있었다. 한두 시간 정도 미동도 않고 있으니 T가 무슨 생각을 하느냐고 물었다.

「아무 생각도 안 해. 동시에 모든 것을 생각하고 있어.」

그때 나는 어항 안에 갇힌 것 같다고 생각했다. 사방의 수평선은 동그랗게 이어져 있고, 너무 잔잔해서 물이 고인 것 같았다. 하늘은 단색의 천장 같은 느낌이었는데, 어항 안의 물고기라면 이런 기분이겠구나 생각했다. 떠나기 전에 동네 친구에게 맡기고 온 물고기 두 마리가 생각났다.

어느 재즈 밴드의 첫 정규 앨범 커버 사진을 의뢰받았는데, 제목이 〈Underwater〉였다. 이야기를 듣자마자 여러 이미지가 머리에 떠올랐다. 제목을 듣고는 물고기가 있으면 좋겠다는 생각에 버스를 두 번이나 갈아타며 물고기를 사러 갔다. 가보니 조그만 플라스틱 컵에 파랗고 빨간 물고기들이 담겨 있었고, 나는 그중에서 그나마 깨끗한 물에 든 팔팔한 두 마리를 골라 집에 들고 왔다.

물고기들에게도 저마다 성격이 있었다. 파란 물고기는 평소에는 차분하게 있다가 밥알을 수면 위에 뿌려 주면 누가 뺏어 먹을세라 잽싸게 올라왔다. 물을 갈아 주기 위해서 꺼내려고 하면 요리조리 도망을 다녔다. 그래서 이놈은 싱크대 위로 떨어지기도 했는데, 소란을 피운 본인 팔자였다. 빨간 물고기는 내가 있던 없던 좁은 컵 안에서 왔다갔다 하다가, 내가 앞을 지나가면 고개를 돌려 빼꼼 쳐다보았다. 얘는 내가 꺼내려고 숟가락을 집어 넣으면 순수히 몸을 맡기는 게 사랑스러웠다.

친구들이 키우는 개나 고양이 이야기를 할 때 마치 사람 이야기하듯 하는 게 재밌었는데, 내가 술자리에서 그러고 있었다. 오늘은 파란 놈이 빨간 놈을 보면서 자꾸 유리컵에 머리를 박더라. 오늘은 빨간 놈이 밥을 잘 먹지 않더라. 물고기들과 같이 살면서 내가 배가 고플 때 밥을 주고, 내가 샤워를 하고 나오면 물을 바꿔 주었다. 창문에 기대 밖을 볼 때면 유리컵을 창문틀에 올려놓고 같이 바깥 공기를 마시기도 했다. 그렇게 빨갛고 파란 두 물고기가 어느샌가 내 생활 속에 헤엄쳐 들어왔고, 심심했던 혼자만의 생활 속에 벗 같은 존재가 되었다.

그런데 불쌍한 물고기들은 처음 가져왔을 때에 비해 어두워 보이기 시작했다. 이리저리 돌아다니던 빨간 놈도 이제는 거의 미동을 하지 않아 숟가락으로 수면을 건드려서 움직이는지 확인을 하기도 했다. 혼자 살 지혜가 없는 사람이 단순히 흥미와 취미로 생명을 키운다는 것이 얼마나 잔인한 일인지 뼈저리게 느꼈다. 도대체 엄마 아빠는 어떻게 우리를 키웠던 걸까.

태평양을 떠나기 전, 자취방에서 마지막 물건들을 빼면서 컵안에 든 두 물고기를 양손에 든 채 동네를 걸었다. 부동산 사장님도, 철물점 사장님도, 빨래방 사장님도 모두 깔깔 웃으며 우리 셋을 환송했다. 물을 조금씩 흘리면서 도착한 곳은 동네 친구의 집 문 앞이었다. 발로 문을 톡톡 두드려 마지막 인사를 한 후 물고기 두 마리를 친구에게 건넸다. 아무 생각도 아니지만 동시에 모든 것에 대한 생각들. 나는 두 물고기의 안녕을 궁금해하며 태평양의 심심한 표면을 바라보고 있었다.

ZT에게

언니, 잘 지내요? 지금 태평양 한가운데 어딘가예요. 좌표를 확인하려면 아래로 내려가야 하는데 귀찮으니 그냥 태평양 어딘가의 점이라고 해두죠.
어제 이상한 꿈을 꾸었어요. 제가 키우던 물고기들이 더러운 접시와 냄비들 사이의 뿌연 물속에 담겨 있었어요. 키우면서 잘해 주지 못한 죄책감이 태평양 한복판까지 나를 쫓아왔나 봐요.

자연스럽게 언니 생각이 났어요. 처음 그 물고기들을 사려고 알아볼 때 언니가 을지로입구로 가면 된다고 알려 줬죠? 그래서 그런 물고기를 어디서 사는지 대체 어떻게 아느냐고 물었고요. 언니는 손님이 주문한 꽃다발을 만들면서 대답했어요. 예전에 30개 정도 되는 큰 테이블들에 올려놓을 장식을 주문받았다고. 언니는 각 테이블마다 크기가 제법 되는 원통 안을 물로 채우고 색색의 물고기들을 넣고, 그 주변에 어울리는 꽃들로 장식했다고 했어요. 그 행사를 위해서 물고기를 90마리 정도 샀고, 그래서 을지로입구에 그런 물고기 종류가 많다는 것을 안다고.

좋은 정보를 얻었다는 생각에 수첩에 〈을지로입구〉라고 적고 있었는데, 언니는 내가 묻지도 않은 이야기를 계속했죠? 행사는 하루 하고 마는 거였는데, 행사가 끝나고 그 90마리 물고기를 꽃과 함께 비닐 봉투에 넣어서 버려야 했다고. 여전히 그때만 생각하면 끔찍하고 미안하고 무섭다고. 언니는 특유의 시니컬한 웃음소리를 뱉으면서 〈나 천국에는 못 갈거야〉라고 했어요. 언니 이야기를 듣고 그때 하고 싶었던 질문이 몇 개 있었어요.

1   물고기들은 죽으면서 어떤 소리를 내나요?

2   시간이 얼마 정도가 지나니까 파닥거리는 걸 멈추던가요?

3   90마리가 꽃 속에서 죽음의 춤을 추고 있던 그 봉투는 얼마나 무거

웠나요?

하지만 생각만해도 끔찍했고, 그걸 일로 해야만 했던 언니가 가여워

서 물을 수는 없었어요. 언니가 강한 모습을 보이곤 있지만 사실은

매일 만지는 꽃들처럼 연약하다는 것도 깨달았어요. 말해 줘서 고마

워요. 언니가 이 편지를 받고 내가 꾼 꿈만큼 끔찍한 꿈은 꾸질 않길.

말도 안 되게 보고 싶어요!

태평양의 점 수민이가.

뱃일

타노아, 태평양

5월 10일

거의 누워가다시피 배가 심하게 기울어진 채 가고 있다. 방 안이 너무 더워서 콕핏에서 자는데 소파에 붙어 있는 게 힘들 정도였다. 자꾸만 데굴데굴 굴러 떨어질 것 같았다. 사람들 말로는 내가 매미처럼 붙어서 잤다고 했다. 어제는 배가 18노트 knot 로 달렸다. 바람은 30노트 정도였다. 처음에는 노트가 배의 속도를 나타내는 수치라는 것 말고는 전혀 몰랐는데 이제는 그 느낌을 알 수 있다!

배의 크기, 무게와 돛의 크기에 따라 바람에 받는 영향이 다르지만, 바람이 7~8노트면 배는 4~5노트 정도로 가는데 매우 느리다. 바람이 10노트를 넘어가면 배는 8노트 정도로 가는데, 이때는 속도가 꽤 느

꺼지면서 신나기 시작한다. 바람이 15노트를 넘으면 돛을 줄이거나 방향을 틀어야 할 정도로 배는 정말 빠르게 바다를 가른다. 나는 내 곱슬거리는 머리가 날리는 느낌으로 대충 10노트 이하인지, 10~15 노트 사이인지, 아니면 그 이상인지를 짐작한다.

사진을 할 때랑 비슷하다. 노출계가 없는 카메라를 사용하기 때문에 빛이 바뀔 때마다 스스로 셔터 속도와 조리개 값을 설정해야 하는데 주로 찍고 싶은 사물을 쳐다보았을 때 내 눈이 얼마나 크게 떠지는지 에 따라 그 적정 값을 정한다. 눈이 부셔서 실눈이 되면 빛이 너무 많 은 것이니 5.6에 1/500, 눈이 편안하게 떠지면 그래도 그늘 속의 디 테일을 잡기 위해 5.6에 1/125, 눈이 아주아주 크게 떠지고 사물에

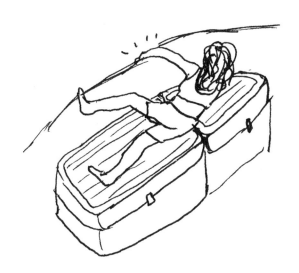

7-8차

10차 — 15차

15차 —

빛이 골고루 비추고 있다면 5.6/60. 남들은 이 방법이 비전문가적이
고 정확하지 않다고 하지만, 이것은 노출계를 들이밀고 그 숫자를 보
고 카메라로 옮기는 과정보다 빠르다. 결과적으로 나의 네거티브는
모두 빛이 고르다.

새로 무언가를 익히고 행하는 것에 있어서 한 가지 깨달은 것은 아무
생각 없이 돌진해야 한다는 것이다. 그 어떤 방해물도, 문턱도 없다
고 생각하고 목적만 봐야 한다. 예를 들어 요트 운전이라면 파도가
오는지 바람이 바뀌는지 표적은 있는지 배가 흔들리다가 뒤집힐까
봐 두려운지 일단 모두 잊고 배가 가야 하는 목표 방향에만 집중해야
한다. 그러면 신기하게도 그 목표가 이루어진다. 다른 일들도 마찬가
지다. 일일이 따지면 죽기 전까지 실행할 수 있는 일은 하나도 없다.
점점 요트계의 언어가 익숙해진다. 이 세계에서는 바람의 방향과 세
기가 정말 중요하다. 어디서 바람이 얼마나 부느냐에 따라 우리가 가
고자 하는 좌표에 얼마나 정확하게 향할 수 있는지 정해진다. 이런

기본적인 것만 터득했는데도 나의 생활이 바뀌는 것을 느낀다. 이제는 아침에 일어나면 마스트 맨 꼭대기에 있는 윈드 인디케이터로 바람의 방향을 확인한다. 돛의 팽팽한 정도에 따라 바람의 힘을 느낄 수 있다. 그리고 선실로 내려가 어제 잠을 자는 동안 배가 이동한 거리를 위치 추적기를 통해서 계산한다. 앞으로 이동한다는 것, 무언가 주어진 환경 속에서 내가 계산하고 내 의지대로 전진한다는 것은 재밌는 일이다.

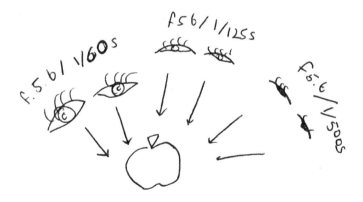

태평양인의 취미

타노아, 태평양

5월 14일

오늘 캡틴킴이 만든 빵을 먹어 봤는데 감기 걸렸을 때 먹는 가루
약 맛이 나 먹자마자 뱉어 버렸다. 베이킹파우더가 너무 많이 들어간
듯했다.

요즘 나의 주 관심사는 빵이다. 선장님이 식빵 굽기에 실패하자 나도
시도를 해보았는데, 생각보다 쉽고 재밌다. 이스트는 정말 조금만 들
어가면 되었다. 시간이 갈수록 부푸는 빵을 보는 것이 즐겁다. 불침
번 전에 반죽을 만들어 놓고 잠시 자다가 불침번 때 나오면 반죽이
몇 배로 부풀어 있다. 불침번을 마치고 잠자리에 들기 전에 헤드 랜
턴으로 비추어 보면 또 표면이 부푼 것이 보인다. 마치 애완동물을

키우듯이 매일 빵의 성장을 확인한다.

오늘은 반죽이 꽤나 부풀어서 모두가 기대를 하고 있다. 한 명당 하나씩 줄 빵을 구웠는데, 우유를 많이 넣으니 더 부드럽고 촉촉해졌다. 소시지와 완두콩을 볶아서 함께 식탁에 올렸는데 모두가 좋아했다. 뿌듯했다. 아침에 일어나서 빵의 상태를 보는 것이 재밌다. 이상한 말이지만 반죽에 정이 들었다. 그렇다. 나는 지금 빵에 온정을 품을 지경으로 외로움을 느끼며 살고 있다.

숫자와 기록에 대한 강박

타노아, 태평양

1999년의 마지막 날, 그러니까 2000년이 되기 하루 전 나는 사람들의 들뜬 모습이 이해되지 않았다. 물론 여덟 살이었던 나는 늦게까지 잠자리에 들지 않아도 괜찮은 1년에 며칠 안 되는 날이라 기뻤지만 새로운 세기에 대한 감흥이 별로 없을 것 같은 사람들조차도 어딘가 모르게 경건한 모습을 하는 게 신기했다. 그들이 만약 1900년생이었거나, 심지어 1920년생 정도라면 충분히 이해한다. 그들은 거의 100년이 넘게 일기장이나 계약서나 메모장에 〈19〉라는 숫자를 지겹도록 써왔을 것 아닌가. 그들에게 〈20〉이라는 숫자는 시간 속을 헤엄치는 듯한 전율을 줄 것이다. 하지만 고작 1960~1970년대 태어난 사람들이 TV 화면 속에서 새 밀레니엄을 고대하며 기다리는 모습은 어딘가 모르게 과장되고 들떠 보였다. 10, 9, 8, 7, 6, 5, 4, 3, 2, 1, 땡! 새로운 밀레니엄, 당신은 새로워졌 나요? 마치 새 밀레니엄이 새로운 기회와 인생의 대안을 가져다줄 것처럼, 그동안 모든 불안과 고통이 최초의 밀레니엄 탓이었던 것 처럼 느끼는 것 같았다.

비슷한 감정으로 항해 세계에 〈1만 마일〉 따위의 개념이 존재 한다는 것에도 나는 반감을 가졌다. 사실 애초에 그런 것이 존재하 는지조차 몰랐고, 처음 그 숫자를 들었을 때도 영국이 더 이상 EU 국가가 아니라는 사실만큼이나 무미건조하게 다가왔다. 그러나 어 느 순간부터 그놈의 1만 마일은 생선 가시처럼 내 목에 콕 박혀서 나를 괴롭혔다. 사건의 전말은 이렇다.

뜨거운 태양 아래 푸르다 못해 눈부신 태평양에서 우리는 아 침 식사를 마쳤다. 잠이 오지 않는 기나긴 여름밤이 드디어 끝난 후 의 텁텁한 아침이었다. 또다시 쓸모없는 이야기들이 오가고 있었 고, 캡틴킴은 외면하듯 먼 바다를 바라보고 있었다. 그러다가 모든 이야기를 덮는 한마디를 했다.

「T, 곧 1만 마일로 들어가네?」

그러자 그때까지만 해도 부른 배를 두드리며 본인의 의견을 열심히 말하던 T의 얼굴에 화색이 돌았다. 토론장은 1만 마일이라 는 숫자 때문에 증발해 버렸다.

「1만 마일 기록 세우면 포스터 만들어서 축하해 줄게.」

캡틴킴이 엄지를 들며 말했다.

「저는 항해가 끝나면 몇 마일 정도 될까요?」

갑자기 궁금해져 내가 묻자 캡틴킴은 머릿속으로 숫자를 세더니 대답했다.

「거의 1만 마일 채우겠는데? 아니다. 넘겠다!」

기뻤다. 1만 마일이라는 기록 때문이 아니라 끝이 보인다는 생각 때문이었다. 이 모든 것이 끝난 뒤 더 강해진 모습으로 집에 돌아가 내 마음속에 1만 마일을 다시 거닐며 느끼고 채울 생각을 하니 절로 얼굴이 펴졌다. 그런데 그때 이런 소리가 들렸다.

「우와, 1만 마일 무지 쉽게 채운다, 너?」

T 특유의 놀란 듯한 순수한 목소리가 들렸다. 그런 말투라면 별다른 마찰 없이 솔직한 말을 할 수 있다고 생각하는 듯했다. 모두들 그런 모습이 순진하고 솔직하다고 했지만, 나는 그렇게 느끼지 않았다. T는 평소엔 부드럽고 모두에게 수긍했지만 그래서 느끼는 답답함을 풀듯 이렇게 절벽에서 바위를 떨어뜨리는 것 같은 말을 할 때가 있었다. T는 크루 중에 이런저런 궂은 일도 다 해가며 거의 막내처럼 활발히 일하고 있었지만, 사실 적은 나이로 이 배에 탄 것은 아니었다. 30대 후반의 새로운 시작이 두려웠던지 T는 조급해 보였다. 내가 돛폭을 줄이기 위해 줄을 당기려고 하면 〈가만히 앉

아 있어도 된다)며 줄을 빼앗아 가곤 했다. 처음엔 나를 배려한다고 생각했지만, 갈수록 그것이 아니라는 것을 알 수 있었다. 터무니없게도 T는 아무것도 모르는 나조차도 경계할 만큼 여유가 없었다. 내가 그저 관심이 가서 매듭을 하나씩 배워 만들어 가면 마음이 불안한 듯 시선이 왔다 갔다 하는 게 느껴졌다.

그런 T라서 익숙할 만도 했지만 저 말은 내가 살면서 한 번도 경험하지 못한 따돌림이자 얄미움이었다. 이 여행은 엉망이었다. 장기간 항해하는 사람들은 주로 요트와 관련된 일을 하거나 경험이 많은 사람들이었고, 일반인으로서 나는 드문 경우였다. 이러한 애매한 상태에서 나도 배의 구성원으로 책임을 지고 나름대로 열심히 배우며 도와 가고 있었다. 하지만 아무도 나를 동료 취급하지 않았다. 돌풍이 지나갈 때 비를 다 맞으며 돛폭을 줄여도, 어렵게 기름을 구해 탱크를 채워도 모두들 T와 JUN에게만 수고했다고 말할 뿐, 난 그저 오빠들 옆에서 쉬다 온 동생 취급을 했다. 심지어 열심히 하고자 캡틴킴을 도우려고 하면, 오빠들 배울 기회를 빼앗아 가지 말라는 말도 들었다. 그럴수록 기름 탱크 하나라도 더 들고, 더 많은 일을 해서라도 자신을 증명하고 싶었지만, 그것도 웃긴 노릇이었다. 내가 왜 갑자기 이런 것에 열을 올리지?

모든 것은 태평양을 건너기 전 파나마에서 누군가가 한 말에서 비롯되었다. 뱃일을 할 계획이 없는 사람이라도 오로지 바다가 궁금해서 태평양을 건널 수도 있다는 일말의 여지를 상상하지 못하는 사람이었다. 〈열심히 배워라. 캡틴킴의 배를 타고 태평양을 건넜는데 항해를 할 줄 모른다는 것은 창피한 것이다.〉 우리 엄마였다면 코웃음으로 돛을 움직였을 것이다. 무슨 생각으로 본인에게나 다짐할 이야기를 사진 찍고 바다 보러 태평양에 온(조금은 무모할지라도) 사람에게 할까? 어처구니가 없는 말이었지만, 새로운 모험을 앞둔 내 머릿속의 시스템을 망가트리는 데 한몫했고, 그래서 그 후로 애초에 원하지도 않은 세일러로 인정받기 위해 나 자신을 몰아세웠다. 하여튼 이날 T의 입을 통해 그들이 나에 대해 생각하는 바를 감지했다. 그들에게 나는 아무 일도 하지 않고 그저 몸만 실어 가는 작은 존재였다.

피스타치오 맛 아이스크림

타노아, 첫번째 섬 누쿠히바

5월 19일

육지다! 육지가 보인다. 섬에 다가가면서 왠지 모르게 새로운 대지를 발견하는 기분이 들었다. 아직 어두워서 안개 속에 잠겨 있는 섬은 마치 수평선 바로 위에 눌러앉은 무거운 먹구름 같이 보였다. 캡틴킴은 육지에 다가가니 말이 없고 날카로워졌다.

누쿠히바는 아름다웠다. 오랜만에 보는 육지라서 설레는 게 아니라 그저 누쿠히바 자체가 아름다웠다. 거대한 산들이 수평선을 가로막고 있었다. 수평선보다 높은 것을 보니 기분이 묘했다. 섬에는 초록색이 많았고, 그 위에 구름이 맴돌고 있었다. 육지다. 닻을 내리자!

우리는 지금 섬의 입구 근처에 닻을 내리고 앵커링을 해두었다. 그래서 작은 딩기(요트에 싣는 소형 보트로, 수심이 낮은 육지에 들어갈 때 요트 대신 탈 수 있다)를 타고 배에서 섬까지 왔다 갔다 한다.

아라파니와 라르고는 이미 도착해 있었다. 섬에 진입하기 위해 돛을 내리자 우리 배의 엔진이 고장 난 것을 무전을 통해 듣고 몇몇이 딩기로 마중 나왔다. 항해 중 그리웠던 CHAE를 한 달만에 마주했다. 어째서인지 둘 다 다른 사람들과 먼저 인사하며 우리의 인사를 미루었는데, 그것은 외면이 아니었다. 오히려 반대로 더 자연스럽고 진심이 담긴 순간에 서로를 대하고 싶어서 아껴 둔 것이었다.

섬에 도착해서 우리는 계속 일을 했다. 배를 탄다는 건 호화롭게 몸을 싣고 바다를 보며 새로운 나라를 구경하는 게 아니다. 끊임없이 일을 찾아서 해야 한다는 뜻이다. 세일러가 된다는 것은 뱃일이 숨 쉬는 것만큼 자연스럽고 필수적이다.

샤워를 하거나 빨래를 할 때 쓰는 물탱크를 채웠다. 하지만 누쿠히바는 파나마에서처럼 마리나가 따로 있는 게 아니어서 마을 공용 수도에서 물을 떠다 배의 물탱크를 채워야 했다. 말이야 쉽지만 그간 모았던 5리터 플라스틱 통에다 일일이 물을 채우고 배로 가져가서 탱크에 붓고 다시 수돗가로 가져와서 채우는 것을 하루 종일 반복했다. 250리터나 되는 탱크 세 개를 채우기 위해서 말이

다. 조를 짜서 일을 했다. 나와 몇 명은 물통에 물을 채우고 JUN과
T와 캡틴킴은 그것을 받아 딩기에 실어 배로 가서 그것을 비워 왔
다. 그러면 또다시 그것을 받아 물로 채워야 했다. 그런데 정말 황
당하게도 나와 함께 팀이 된 사람들은 아무도 일을 하지 않았다. 물
론 그것이 복잡하거나 어려운 일은 아니었다. 하지만 뙤약볕 아래
개미가 우글거려 다리를 타고 오르는 공터를 지나 몇 시간씩 혼자
같은 일을 반복한다는 것은 고문이었다. 사람들은 모두 덥다면서
팔짱을 끼고는 내가 물을 채우는 것을 지켜봤다. 심지어 〈내가 돕
지 않는 것은 여자들에게 이런 운동이 얼마나 좋은지 알기 때문이
야〉라던지, 〈돕고 싶지만 너가 하는 게 정말 보기 좋아서〉라는 시답
지 않은 농담을 하는 바람에 기분마저 좋을 수가 없었다. 그나마 처
음에 함께 물을 채우던 CHAE마저도 JUN과 T의 일이 더 고되 보
였는지 나를 두고 가버렸다. 같은 배를 탄 것은 아니었지만 누쿠히
바에 오기까지 마음속에서 가장 힘이 되던 존재였는데 CHAE마
저도 내 친구가 아니었나 보다. 4개월 늦게 배를 탄 나에게 의지할
사람은 아무도 없었다.

　　하루 종일 같은 일을 반복하다 보니 허리 근육이 불균형적으
로 사용되어 통증이 심했다. 다음 날 아침 눈을 떴는데 몸이 너무
아파 눈물이 나올 지경이었다. 이 와중에도 일을 하지 않고 놀러 다
니는 사람들이 있었다. 화가 치밀었다.

섬은 꽤나 커서, 중간의 거대한 산을 넘으면 또 다른 풍경이 있다고 했지만 가볼 시간이 없었다. 해변을 따라 몇몇 상점이 있었고 말을 타고 돌아다니는 사람도 많았다. 내 배라면 촉박하게 일정을 잡지 않고 물도 일주일에 걸쳐서 천천히 채우며 섬을 구경하겠지만 그럴 수 없었다.

누쿠히바에 발을 대자마자 보이는 카페가 있었다. 거대한 주방이 있고 앞의 작은 선반에 빵이 진열되어 있었다. 빵은 덮개 없이 그대로 플라스틱 그릇에 담겨 있었는데, 덕분에 파리들이 그쪽으로 다 모여서 카페 안이 쾌적했다. 아주 싼 가격에 닭과 쌀 요리를 먹을 수 있었고, 무엇보다 와이파이가 되는 유일한 곳이었다. 그래서 우리처럼 배를 바다에 띄워 두고 섬에 볼일 보러 오는 지구 구석구석의 요티들을 만날 수 있었다. 그들은 영어, 스페인어 그리고 그 외 온갖 언어로 서로 정보를 교환한다. 세일러들의 경험담을 들어 보면 모두 톰 소여의 후손쯤 되는 것 같지만 그 허풍마저도 서로 존중한다. 그만큼 바다를 건넌다는 것은 외롭고도 위험하고, 서로 어르고 달래 줄 만한 일인가 보다.

저녁엔 자유 시간이 주어졌다. 어른들은 모두 밥을 먹고 배로 돌아갔지만, 젊은 크루들은 섬 입구의 카페에 남아 있었다. 나이가 비슷해서인지 우리는 서로에게 무언으로 기대고 있었고, 또한 서로에게 기대감이 없어 자유로웠다. 여기서도 우리는 젊음을 잠재우지 못하고 뚜렷이 하는 것 없이 우리를 끌고 갈 만한 어떠한 일이 일어나길 기다리며 밤 자락을 붙들고 있었다. 카페는 이미 닫았다. 하지만 자비로운 주인 아저씨는 카페 앞의 넓은 테이블과 투박한 벤치를 그대로 두었고 와이파이도 켜놓아 여러 요티가 수다를 떨며 저녁을 보낼 수 있었다.

내 눈은 자연스럽게 매일 밤 주방에 가장 가까운 테이블을 차지한 뚱뚱하고 요란스러운 여자들에게 향했다. 그들은 저녁뿐 아니라 하루 종일 그곳에서 담배를 말아 돌려 피고, 카드 게임도 하며 웃고 떠들었다. 프랑스어가 섞인 언어라서 부분부분 알아들을 수 있었는데, 용기를 내서 그들에게 다가가 괜찮다면 담배를 하나 펴봐도 되겠느냐고 물었다. 내가 프랑스어를 하자 놀란 듯했지만 무심하게 말린 담배가 든 봉투와 담배 마는 종이를 말없이 건넸다. 김밥 마는 것을 상상하며 해보려고 했지만 잘 되지 않았고, 낑낑대는 나를 보며 깔깔 웃더니 내 손에서 담배를 빼앗아 순식간에 돌돌 말고는 침을 끈적하게 발라 담배로 만들어 주었다. 약간의 비웃음이 섞여 있어 기분이 상했지만 축축한 담배를 입에 대고 불을 붙였는데 강하고 껄끄러운 담배 연기가 목을 덮쳤다. 콜록콜록 괴로워하는 나를 보고 여인들은 또다시 깔깔 웃음을 터뜨렸고, 그렇게 우리는 친구가 되었다.

그들은 기름과 땀으로 전 티셔츠가 뚱뚱한 배 위로 말려 올라

간 주인 아저씨의 친구들이었다. 그들의 남편 둘은 카페 구석에서 우크렐레로 아름다운 음악을 연주했다. 두 남편은 남태평양의 어느 국제 음악 대회에서 상을 받았고 내년 대회를 준비하며 그렇게 매일 연주한다고 했다. 주인 아저씨는 어디 있느냐고 물었더니 갑자기 손을 입으로 가져가며 조용히 하라는 듯 쉬, 소리를 냈다. 묵직한 돌덩어리가 굴러 떨어지는 소리가 어디선가 났는데, 알고 보니 주방에서 잠자는 아저씨의 코 고는 소리였다.

어렸을 때 배운 프랑스어라 유창하진 않았지만, 사진을 찍으러 왔고, 배의 막내라서 아직 도움이 안 되는 쓸모 없는 존재라고 말했다. 그러자 아까의 비웃음 섞인 표정은 사라졌고 대신 인자한 미소 사이로 담배 연기를 내뿜으면서, 〈배를 타면 어떤 것도 쓸모 없지 않아. 러블리 SOO, 당신은 소중해〉라고 말했다. 과연 내 동료들도 그렇게 생각할까 의문이 들었지만, 아무렴 상관 없었다. 나의 가치는 남이 만드는 것이 아니라 내 안에 존재한다.

섬을 떠나기 전해 해야 하는 일들을 거의 다 마쳤다. 배와 섬의 입구에서 한 요티가 눈에 띄었다. 할아버지였는데 다리 한쪽이 철로 된 의족이었다. 철컹 소리 나는 다리로 갑판 위를 뛰어다니며 항해하는 모습을 상상하니 멋있었는데, 어쩌다 이야기를 나누게 되었다. 그는 캘리포니아 쪽에서 데이 세일링만 하다가 처음으로 태평양을 건너게 되었다고 했다. 섬이 600개도 넘는 파푸아 뉴기니

쪽으로 향한다고 했는데, 언젠가는 꼭 그의 배를 타고 항해하고 싶다고 생각했다.

영문학 선생님이었던 그는 바다와 배에 대해 참 아름다운 말을 많이 했다. 요트 옆에 깔린 야광충들이 별빛 같지 않느냐며, 밤에 항해를 하는 것은 하늘을 나는 것 같다고 했다. 또, 그의 배 이름이 〈벨라 세레나BELLA SERENA〉라기에, 그 이름은 배를 사면서 고친 것인지 원래 이름인지 물었더니 다음과 같은 멋진 말을 해주었다.

「나는 망가진 것 아니면 고치지 않아. 있는 그대로가 아름답지.」

그는 자신의 묘사에 푹 빠진 내게 아이스크림을 먹겠느냐고 물었다. 이곳이 도심 한복판이었으면 위스키 한잔을 했겠지만, 있는 것만으로 풍족함을 느끼는 것이 세일러의 삶 아니겠는가. 무슨 맛이 있느냐는 내 질문에 허허 웃으며 대답했다.

「한 가지 아이스크림밖에 없어. 초록색인데 피스타치오 맛이 아닐까?」

야채가 아닌 음식이 초록색을 띤다는 것은 어딘가 모르게 께름칙했지만 무슨 맛인지도 모르고 먹어 본 것 치고는 정말 맛있었다.

5월 22일

여기서부터 타노아에서 아라파니로 갈아타게 되었다. 아라파니는 타노아보다 더 작은 배라서 좌우로 흔들림(롤링)이 심하다고 했다. 하지만 이 배 저 배 모두 타보고 싶었던 터라 반갑게 제의를 받아들였다. T와 함께 YOON과 캡틴팍이 있는 아라파니로 이사했다. 마치 이혼을 한 부모의 자식들처럼 한 부모의 집에서 다른 부모의 집으로 가는 심정이었다. 누쿠히바의 빨래방에서 무료로 책을 나눠 주어서 네 권 정도 가져왔다. 그중 하나는 표지가 예뻐서 골랐더니만, 펼쳐 보니 독일어였다. 꽝.

생체 실험

~~~

아라파니, 태평양

🚢

육지에서 오랜만에 걸으며 느낀 피로가 출항하자 괜찮아지는 것이 신기하다. 그도 그럴 것이, 배 위에서 잠을 정말 많이 잔다. 그동안 도시에서 바쁘게 지내며 부족했던 잠을 여기서 보상받는 기분이다. 예전에는 5시간만 자도 많이 잤다고 생각했지만, 요즘에는 깨어 있는 시간이 8시간도 채 되지 않는다.

갈아탄 배 아라파니는 어딘지 모르게 마음이 편하다. YOON은 곱슬거리는 회색 머리를 얌전히 뒤로 빗은, 동글동글하지만 어딘가 모르게 수줍은 눈을 갖고 있다. 우리 아빠 나이 정도 된 분이지만, 장난기도 호기심도 많아 가끔씩 소년 같다는 생각이 든다. 아직은 어색하지만 조용히 나를 배려한다는 기분이 들었다. 캡틴팍은 느릿하고 조용하게 움직인다. 특별하게 싫은 것도 좋은 것도 없이 마음을 조용히 흘려보내는 듯한 인상이다. 아라파니를 탄 T는 본인의 영웅이자 은인이자 모든 것인 캡틴킴과 다른 배를 타니 어딘가 모르게 여유로워져 더는 날을 세우지 않는다. 그런 시시한 견제가 사라지니 내게도 여유가 생겼다. 타노아가 깨끗하지만 규칙이 많고 까탈스러운 엄마라면, 아라파니는 지저분하지만 자유롭고 조금은 고독한 아빠이다. 엄마 아빠가 모두 남자인 우리 요트라니, 21세기의 가정 같다!

아라파니의 재밌는 점은 선주인 YOON과 선장인 캡틴팍이 동시에 존재하므로 여러 가지 규칙이 있다는 것이다. 생활에 관한 것은 대개 YOON이 정하고 항해에 관한 것은 캡틴팍을 거쳤다. 아라파니에서는 사다리 타기 게임을 통해 요리 팀을 정했는데, 두 명이 짝이 되어 하루의 요리를 전담한다. 암묵적으로 모두가 나와 캡틴팍을 기피했다. YOON은 요리를 좋아하고 맛을 찾는 것을 흥미롭게 생각하는 편이며, T는 혼자 산 기간이 길어서 요리를 쉽게 했다. 하지만 우선 나는 혼자 살아 본 기간이 7개월 정도뿐인데다, 혼자서 라면을 끓여 본 적도 거의 없기 때문에 요리를, 그것도 여럿을 위해 한다는 것이 막막했다. 배 타기 전까지 내 생활이 얼마나 열악했느냐 하면, 주식이 거의 달걀이었다. 기분에 따라 어떨 때는 삶아 먹고, 어떨 때는 프라이로 해먹었다. 파스타를 해먹기도 했지만, 친구를 초대하는 게 아닌 이상 재료를 갖춰 놓기 번거로워 집에 오는 길에 사온 달걀 한 판으로 일주일 내내 지냈다. 돈이 없어서가 아니었다. 나는 무언가에 집중을 하면 인간의 가장 기본적인 생활조차 불가능할 정도로 거의 기능을 상실한다. 하루 종일 밖에 있다가 집에 들어와도 할 일이 넘쳐나서 신발을 벗자마자 책상에 앉았다. 어떨 때는 정신이 없어서 등에 가방을 맨 채 한참을 일하기도 했다. 그러다가 배가 고프면 달걀을 찾았다. 가장 간단하고 빠르고 자극적이지 않은 달걀은 일 외에는 아무것도 방해받고 싶지 않은 내게 최고였다. 어느 날 전자 상가 앞을 지나는데 줄줄이 선 커다란 TV 화면에서 조류 바이러스 때문에 달걀 값이 두 배로 인상됐다고 떠들고 있었다. 그것은 닭만큼이나 알을 좋아하는(이유는 다를지라도) 내게 참으로 안타까운 소식이었다.

나는 그렇다 치고 캡틴팍이 요리 파트너로서 기피 대상이 된 이유는 그가 몇 해 전에 큰 사고를 당하고 나서 움직임이 (특히나 배 위에서) 편치 않았기 때문이다. 그런데 아뿔싸, 오늘 사다리 게임을 통해서 우리 둘이 한 팀이 되었다. 결과를 보고 모두 웃음을 터뜨렸다. 요트에서는 흥미로운 일이 워낙 없다 보니 타거나 간이 맞지 않는 음식을 먹어야 할 운명조차도 재미로 받아들였다.

감자, 스팸, 양파를 섞은 볶음밥을 했다. 다행히 소금과 참기름이 있어서 맛없기가 힘든 요리였다. 프라이팬을 움직이는 스토브 위에 (배가 흔들리기 때문에 스토브는 그 기울기에 맞춰 움직인다. 스토브가 고정되어 있으면 그 위에 놓인 냄비나 프라이팬이 날라갈 테니까!) 올려놓는 순간은 막막했지만, 엄마가 해줬던 요리들을 기억하며 움직였다. 엄마 요리를 떠올리니 입맛을 쩝쩝 다시게 됐다. 오늘 저녁은 파스타를 해야겠다. 언젠가 피자도 시도해 볼까 생각 중이다. 오늘은 사방에 백파가 흐른다. 푸른 바다 위에 소고기의 마블링만큼이나 하얀 거품이 마구 생겨난다.

중학교 3학년, 여름 방학 때 과학 숙제가 가장 큰 난관이었다. 각자 〈과학 실험〉을 하나 해서 오는 거였는데, 조건은 두 달쯤 되는 방학 기간을 꽉 채우는 실험이어야 했다. 하루 만에 벼락치기를 할 수도 없는 그 실험은 물리든 화학이든 생물이든, 〈과학적〉 결과를 도출해 내야만 했다. 중학생에게 그런 과제라니…… 우리들 사이에서 코페르니쿠스를 발견하고 싶었나 보다.

오랜 고민 끝에 콩나물을 키우며 1번 그룹에는 클래식, 2번 그룹에는 힙합, 3번 그룹에는 헤비메탈을 틀어 주어 음악이 콩나물의 성장 과정에 미치는 영향을 보고자 했다. 결과는 꽤나 성공적이었다. 헤비메탈과 힙합을 듣던 콩나물들은 거의 생명을 보지 못했고, 클래식 음악을 들은 콩나물은 줄기가 곱상하게 위로 솟아 있었다. 하지만 아쉽게도 평균을 겨우 넘는 점수를 받는 데 그치고 말았다. 대신 우리 반에서 일등을 한 것은 S였다. S의 실험은 상한 음식이 신체에 미치는 영향을 연구하는 것으로 상한 복숭아와 상한 밥 등을 직접 먹으며 자신의 신체 상태를 기록했고, 상한 음식의 화학 성분을 분석했다. 일등을 빼앗긴 것이 분해 읽어 본 S의 기록은 필요 이상으로 섬세했다. 썩은 복숭아를 먹고 설사를 했다는 둥, 속이 메슥거리고 일주일 내내 그 상한 입맛이 가시지 않았다는 둥 상한 음식 냄새에 대한 묘사가 어찌나 비위를 상하게 했던지 읽으면서 헛구역질이 나고 코끝이 꿈틀거렸다. 내가 봐도 기가 막힐 정도로 참신했다. 일등 자리를 인정할 수밖에 없었다. 상한 음식을 먹는 그 용기! 참신한 모험이었고 세계를 구할 만큼의 대단한 성과는 아니더라도 상한 음식을 보면 냄새를 맡기도 전에 S의 섬세한 후각적 기록들이 떠올라 쓰레기통에 버리게 되었으니 중학생의 〈과학적 결과〉로는 충분히 효과적이었다.

그런 실험을 10년 뒤에 내가 몸소 행하게 될 줄이야. 요트 위에서의 식사는 일종의 〈먹으면 안 될 것을 먹어 보는 실험〉이었다. 무엇까지 먹을 수 있을까! 그 이유는 그 음식이 안전한지 아닌지 보장할 수 없었기 때문이다. 우리들은 〈아마도〉 먹어도 될 과일을 먹었고 〈아마도〉 삶으면 문제 없을 물고기를 낚았다. 자연이 주는 것에는 유통 기한 따위야 있을 리 없으니, S의 실험처럼 색과 냄새 등의 상태를 관찰하고 의심해 가면서 판단할 수밖에 없었다. 〈과학적〉 탐색을 한 후에 씹으면서 혀에 맴도는 촉감을 살피고 미심쩍어도 꿀꺽 삼켰다. 그러고는 몇 시간 동안 배의 모든 신경을 예민하게 엿보며 꼬르륵 소리가 나는지, 화장실에 가야 할 신호가 오는지를 살피는 또 다른 실험을 시작했다. 이런 것들 외에도 익숙하지 않은 요리 앞에서 늘 탐사를 나서야만 했다.

바다 위의 선생님

∼∼∼∼∼

아라파니, 태평양, 캔버라

내가 여덟 살이고 동생이 다섯 살일 때 우리 가족은 호주의 수도 캔버라로 건너갔다. 프랑스 이후에 한국에서 잠시 살았기 때문에 나의 혀는 다 굳어 버렸다. 심지어 다른 언어를 분별할 나이가 되었으니 캔버라에서는 프랑스 유치원에서보다 훨씬 긴장이 되었다. 나는 어떤 초등학교에 입학했다. 교복은 우스꽝스러운 형광빛이 도는 하늘색이었는데, 원단이 형편 없어서 피부에 닿았을 때 섬뜩하게 까칠까칠했다. 전혀 적응할 수 없을 것만 같은 그 옷을 매일 입어야 한다니 끔찍했다.

아빠가 회사로 출근하는 길에 나와 동생을 차로 학교까지 데려다주었다. 첫날이라 아빠도 차에서 내려 우리를 마중 나온 선생님에게 인사를 했다. 아빠 입에서 이상한 소리가 나왔고, 비슷한 소리로 처음 본 선생님이 대답했다. 그게 내가 처음 들어 본 영어였다. 신기하게 쳐다보고 있었는데 방심한 사이에 아빠는 선생님의 차갑고 날카로운 손에 내 작고 따뜻한 손을 넘겨 버렸다. 아빠는 뒤돌아보지도 않고 차를 타고 슝 하며 떠났는데, 그때의 배신감은 잊을 수가 없다. 냉정한 남자! 굿바이 뽀뽀도 포옹도 없이 가버리다니.

학교를 다니며 집에서 영어 과외를 했다. 어디서 구한 선생님인지 모르겠지만, 엄마는 항상 그렇게 어딘가에서 우리에게 필요한 것을 찾아서 적재적소에 배치했다. 하얀 금발 머리를 남자처럼 짧게 자른 할머니 선생님이었다. 이름은 캐럴이었고, 우리 집으로 올 때마다 카우보이모자를 쓴 남편이 낡은 캐딜락으로 데려다주었다. 호주의 집들은 앞뒤로 있는 큰 정원이 특징이었는데, 레드힐이라는 지역의 우리 집은 특히나 앞뜰이 동산 수준으로 경사가 져 있어 선생님이 현관에 도착했을 때는 마라톤을 뛰고 온 사람처럼 땀이 나고 숨이 차 있었다. 할머니여서라기보다 몸이 참 거대했기 때문인데, 그 언덕이 매주 되풀이되는 고문이었을 것이다. 그런 선생님께 미안해서 엄마는 항상 투명한 유리잔에 오렌지 주스를 가득 담아 선생님께 드리고, 수업이 끝날 때까지 우리 집 아래 유칼립투스 나무 그늘 밑에서 기다리는 남편분께도 한 잔을 드렸다.

캐럴 선생님은 낡은 가죽 가방을 들고 다녔는데 그 안에는 모든 학생들의 숙제와 학습지가 들어 있었다. 첫 수업에 캐럴은 〈네가 가장 좋아하는 게 뭐니? What is your favorite thing?〉이라고 물었는데, 그 후의 모든 수업은 그 대답에 따라 개별화되었다. 〈말〉이라고 대답하고 싶었지만 단어를 몰라서 그림으로 그렸다. 캐럴 선생님이 〈말! 네가 제일 좋아하는 건 말이구나 Horse! Your favorite thing is a horse〉라고 알려주었을 때, 그 영어 이름이 부드럽고 흩날리는 갈기를 보여 주는 것만 같아서 기뻤다. 그 후부터 내가 말의 어떠한 점이 좋은지, 어떤 말을 타고 싶은지, 함께 어디를 가고 싶은지 등에 대해 이야기하고 글을 쓰면서 새로운 단어를 하나하나 알아 갔다. 숙제를 잘했을 때는 캐럴이 말 모양의 스티커를 붙여 주었는데 표면이 부드러워 진짜 말 같은 스티커나 반짝거리는 유니콘 스티커 등 다양했다. 그렇게 캐럴은 가죽 가방 속에 여러 아이의 꿈과 열정을 담고 다녔다.

정확하게 내가 왜 말에 대해 관심을 갖게 되었는지 여전히 모르겠지만, 지금 와서 한 가지 추측을 하자면 우리가 서울에 잠시 살았을 때였던 것 같다. 엄마는 자동차 운전 연습을 자주 했고 나와 동생을 태워 도심에서 조금 벗어난 곳으로 가곤 했다. 넓은 초록 들판이 양옆으로 펼쳐졌고, 하얀색 울타리가 길게 뻗은 목장을 지나고 있었다. 그때 차를 따라 옆으로 달리는 말을 보았고, 그 순간 내 마음은 요동쳤다. 세상에 그토록 아름다운 것이 존재하다니. 머리카락을 휘날리며 위아래로 거대한 머리와 굵직한 목을 흔들며 마치 땅에게 화를 내듯 묵직한 네 발로 세게 달리고 있었다. 분출하고 싶은 게 넘쳐 터질 것처럼 가끔씩 머리를 좌우로 흔들었다. 나는 이해하고 싶었다. 아니, 이미 이해하고 있었다. 기쁨인지 슬픔인지 분노인지 모르는 뜨거운 감정이 가슴에서 스멀스멀 올라와 춤이라도 추고, 언덕에서 굴러 떨어지기라도 해야 하는 그 심정을. 사람들은 그것을 열정이라고 부르기도 하는데, 우리는 그것을 말처럼 아름답게 해소하고 표현할 방법은 알고 있지 않다. 그래서 부러웠고, 동경했다.

운전을 오래 하다가 피곤해진 엄마가 잠시 목장 쪽에 차를 세워 말 앞에서 우리를 찍어 준 사진이 있다. 이때의 내 표정은 어딘가 모르게 몽롱하다. 초록색의 싱그러움, 쨍하게 부서지는 여름 햇살, 부드럽게 여름 치마의 옷자락을 흔들던 바람 그리고 푸르르거리며 숨을 내뱉었던 말의 숨소리, 모든 게 완벽했다. 사실 무언가를 그토록 좋아하는 데는 별다른 이유가 필요 없다.

이미 돌고래, 물고기, 원숭이, 쥐, 코끼리, 기린처럼 말이라는 단어는 이미 알고 있었지만, 그 존재가 내게 처음 의미를 가진 순간은 분명히 그날이었다. 그 후로 나는 정상적으로 뛴 적이 없다. 그 전까지만 해도 릴레이나 100미터 달리기는 반에서 3등 안에 들었는데, 그날 목장에서 뛰는 말을 보고 나서부터는 탁탁탁 달리는 게 지루하게 느껴졌다. 다리가 고작 두 개뿐이지만 말의 리듬으로 달그닥 달그닥, 타닥 타닥 왼발에서 오래 머물고, 오른발로 깡충 뛰면서 위아래로 움직였다. 그리고 가끔씩은 분하다는 듯이 머리를 양옆으로 흔들고 하늘을 쳐다보았다. 그 후부터 지금까지 내가 말이라는 동물에 대해 알 수 없을 정도의 신비감과 매력을 느끼는 것은 캐럴의 수업 방식이 그것을 적극적으로 지지했고 자극했기 때문이다. 캐럴의 숙제는 항상 즐거웠다. 말에 대한 끊임없는 질문은 나도 이해할 수 없었던 내 마음속의 열정을 탐구할 이유와 근거를 찾아주었다. 또, 그렇게 커져만 갔던 나의 갑작스럽고 집요했던 말에 대한 관심을 알아챈 엄마 아빠는 호주에는 흔했던 승마 학교에 토요일마다 데려다주었다. 말이 승마 학교지, 버려진 허름한 농장에 말 몇 마리 풀어 놓은 작은 공터였다. 하지만 저 너머의 산을 보면서 지금 달리는 곳이 곧게 뻗은 들판이라고 상상하기엔 충분했다.

우리 집 차는 흙이 날리는 비포장도로를 달리느라 일요일마다 앞뜰에서 세차를 해야 했다. 큰 스펀지로 비눗방울을 만들며 즐겁게 차를 닦았다. 말의 몸을 근육 모양대로 씻듯이 차도 굴곡을 따라 부드럽게 닦았다. 우리의 웃음소리는 무거운 캔버라의 공기 속에 퍼져 나가 뜨겁게 내리쬐는 햇빛 속에서 아름답게 부서졌다. 이렇게 나의 열정은 모두에게 축복받고 응원받았다. 그래서 지금까지도 모험하는 것에 두려움이 없는 것 같다.

호주에서의 행복했던 3년은 금방 흘러갔다. 우리는 다시 프랑스로 떠나야 했다. 짐을 모두 트럭에 실어 배로 보내니 집이 텅 비어 버렸다. 하지만 아무것도 없어 목소리가 울리는 집을 보며 아쉬워할 틈도 없이 다음 사람이 이사를 들어왔고, 그래서 우리는 잠시 호텔로 거처를 옮겼다. 호텔에서 지내면서도 우리는 캐럴 선생님과 과외를 지속했다. 새로운 장소에서 만나니 조금 어색했고, 정말 마지막 순간이 다가오는 것 같아 서글펐다. 호텔 구조가 특이해서 이제는 선생님 남편의 낡은 캐딜락이 보이지 않았다. 우리 가족이 저녁 식사를 하며 캐럴과 남편에 관한 이야기를 했듯, 캐럴과 남편도 차를 타고 집으로 돌아가는 길에 수민이 무슨 말을 했고, 지민이 어떤 그림을 그렸는지 충분히 이야기를 했으리라 믿는다. 그렇게 우리는 차근차근 마음속으로 작별 인사와 서로의 안녕을 빌었다.

마지막 날 선생님은 동생과 내게 선물이라며 조그만 상자를 하나씩 주었다. 캐럴은 그렇게 가끔 벼룩시장에서 예쁜 상자나 말에 관한 장난감을 사다 주었는데, 이번에는 예쁜 리본이 묶인 상자였다. 열어 보니 안에는 얌전하게 걷는 모습을 한 말 모양의 은목걸이가 있었다. 완벽한 선물이었다. 나에 대한 캐럴의 애정은 그 작고 반짝이는 것으로 완벽하게 전달되었다.

그렇게 거의 20년이 흘렀고, 이제 나의 영어는 그녀가 가르쳐 준 호주식 발음이 전혀 남아 있지 않다. 은목걸이도 항상 하고 다녔었는데, 어느 날 정신을 차리고 가슴을 내려다보니 말은 사라지고 끈만 남아 있었다. 처음에는 마음이 아팠지만 도심 속의 소음과 여러 정신 없는 일들로 캔버라에서의 날들도 차차 잊혀졌다.

호주에서 나와 동생에게 꿈과 열정과 사랑을 가르쳐 준 캐럴 외에도 여러 과외 선생님을 만났다. 새하얀 얼굴의 반을 검정색 긴 생머리로 가리고, 땅에 닿을락 말락 하는 긴 마법사 코트에 철컹 소리가 나는 거대한 십자가 은목걸이를 한 선생님도 있었고(그 선생님은 엄마가 오렌지 주스를 가져다주고 방문을 닫자마자 혀를 내밀어 한가운데에 박힌 피어싱을 보여 주곤 했다) 허벅지가 내 팔뚝만 하고 키가 나보다도 작고, 과외 내내 거울을 보던 여대생 선생님도 있었다. 그리고 나도 세월이 지나 그들처럼 누군가의 집에서 공부를 도와주게 되었다. 초등학생부터 30대 성인까지 영어를 가르쳤다. 처음 과외를 할 때는 사진을 시작하고 나서 부족한 생활비를 벌기 위한 방편이었지만, 그들과 다양한 대화를 나누며 친구가 되기도 했다.

태평양 항해를 결정했을 때 내가 태평양에서까지도 과외를 하게 될 줄은 꿈에도 몰랐다. YOON은 숫기가 없고 조용한 것에 비해 모험과 새로운 것에 대한 욕심이 많았다. 과묵하고 쑥스러움을 많이 타서 처음에는 인사를 하기도 어려웠는데, 내가 매번 사람들여권과 배 서류를 들고 출입국 심사를 하는 모습을 보더니 어느 날 영어를 배우고 싶다고 했다. YOON에게는 JUN이 가지고 온 『I'm Your Book』이라는 엉터리 제목의 영어 단어 책 한 권이 있었는데, 하루에 몇 시간씩 복습해서 지금은 그 책을 여덟 번이나 읽었다고 한다. 책이 너덜너덜해진 것을 보면 거짓말이 아닌 것 같다. 매일 아침밥을 먹고 설거지를 마치면 캡틴팍은 콕핏에 앉아서 햇볕을 쪼이며 졸고 있고, 내 건너편에는 YOON이 『I'm Your Book』을 읽으며 힐끗힐끗 나를 쳐다보았다. 마치 〈SOO, 오늘 수업 안 하나?〉 하며 언제든 말을 꺼낼 듯이 말이다. 여기까지 와서 일을 한다는 것이 조금은 탐탁지 않지만 할 일이 생긴 것 같아서 활기가 돋았다. 어쩌면 역마살만큼 내 유전자에 깊숙이 박힌 운명은 과외 선생님일지도 모르겠다.

바다라는 선생님

아라파니, 태평양, 뉴욕

바다라는 선생님은 종종 파랗고 가끔은 하얗고 호랑이처럼 으르렁
거리다가도 어느새 호수처럼 조용했다. 그런 바다는 내게 그동안
엄마 아빠도 포기해야만 했던 것을 가르쳐 주었다. 그건 조심성과
침착성이다. 그 가르침은 선생님께서 내 중요한 물건 두 개를 빼앗
아 가면서였다.

첫 번째 희생은 수영복이었다. 파나마로 오기 전에 아직 한겨
울처럼 추웠던 뉴욕 시내를 3시간 정도 돌아다니다 겨우 찾은 스트
라이프 수영복이었다. 고전적인 것이 좋아서 고른 원피스 타입으
로, 네이비와 오렌지가 섞인 1950년대 오드리 헵번 스타일이었다.
대신 뒤에는 엉덩이뼈 직전까지 파여 장난스러운 디자인이었다.

처음 몇 시간은 한겨울에 수영복을 찾는 나를 정신 나간 사람처럼 쳐다보는 스포츠웨어 종업원들을 견뎌야 했다. 모두가 그나마 메이시 백화점에 가면 찾을 수 있다기에 그리로 갔더니 대부분이 플러스 사이즈여서 내 몸통이 두 개하고도 수박 세 통은 더 들어갈 만큼 늘어진 것들뿐이었다. 태평양 한가운데까지 가서 수영 한번 못해 보나, 이럴 줄 알았으면 차라리 책 구경이나 더 할걸 하며 후회하던 중에 내 눈앞에 나타난 수영복이다. 운명이라고 생각했다. 비싸긴 했지만 망설임 없이 지불하고 태평양행 가방에 콧노래를 부르며 넣었다. 그런 수영복을 라이프 라인에 걸어 두었더니 없어져 있었다. 그 수영복을 입은 내 모습이 옛날 할리우드 영화배우 같아서 참 행복했는데!

두번째 희생은 CHAE의 편지였다. 누쿠히바에서 떠날 때 앞으로 라르고가 우리 배와 다른 항로로 한국으로 돌아갈지도 모른다는 소식을 들었다. 마지막 저녁에 CHAE는 엽서에 편지를 써서 내게 주었는데, 엽서 앞면은 넓은 들판에서 말들이 풀을 뜯어 먹는 사진이었다. 매일 읽겠다며 일기장에 꺼두었는데 콕핏에서 일기를 쓸 때 파도 속으로 날아가 버렸다. 믿을 수가 없었다. 덩실덩실 파도의 움직임에 따라 춤추며 내게서 멀어져 가는 편지를 지켜보는데 입이 떡 벌어졌다. 나의 덤벙거림을 원망할 수밖에 없었다. 거대한 파도에게 마치 조공을 바치는 것처럼 나의 소중한 것을 빼앗기면서도 아무런 불평도 원망도 할 수 없었다. 사실 수영복은 빛에 바래 색이 희미해져 아쉬움이 덜했는데 이번 조공은 허전함이 컸다. 그 순간 이후 몇 시간이나 팔을 축 늘어뜨려 엎드린 채 흘러가는 구름만 쳐다보았다. 그런 나를 위로하고자 T와 YOON이 영어 수업에 더 적극적이었다. 하지만 파도가 칠 때마다 편지의 마지막 모습이 눈에 아른거렸다. 바다는 자비롭지 않았다. 마음의 준비를 할 새도 없이 나의 보물들을 허무하게 앗아 갔다. 처음 느끼는 상실감이었다. 과정이 너무나도 빨랐고 내가 예방할 수 있을 시간조차도 없었다. 바다는 때로 자비롭지 않은 냉정한 선생님이었다.

가장 무서운 짐승

〜〜

아라파니, 무인도 수와로

⛵

5월 30일

방금 피자를 만들었다. 성공하길, 피자 도가 맛있길 바랐지만 오븐의 불이 밑에서만 나와서 위에는 설익고 밑에는 탔다. 그래도 모두가 끝까지 먹어 주었다. 캡틴팍이 〈이렇게 맛없는 피자를 언제 먹어 보겠어〉라며 허허 웃었다. 힘든 상황이지만 짜증 내지 않고 하나씩 해결하면 된다. 힘든 상황을 인식하고 받아들이는 것은 중요하다. 그래야만 문제를 직시하고 해결할 수 있다. 그런 식으로 난관을 기회로 만드는 습관이 창의적 사고방식을 기르는 법인 것 같다. 예술도 모험도 결국엔 거창하지 않다.

육지가 조금씩 그리워지고 있다. 지금 수심이 5,500미터라는데, 그게 오늘은 조금 실감이 났다. 마음이 어딘가 모르게 정처 없이 흘러가는 기분이다. 내 발로 고정된 땅을 딛고 위로 뛰고 싶다. 향기가 좋은 옷을 입고 싶고, 혼자 있고 싶고, 다양한 사람을 만나고 싶다.

태평양에서의 43일째. T가 마지막 초콜릿 쿠키와 밤 쿠키를 발견했다. 상자를 보자마자 너무 반가웠다. 하지만 마지막 상자이기 때문에 발견 후에도 마치 제사를 지내듯이 콕핏 테이블 위에 한참을 놓고 언제 먹는 게 좋을지 망설였다. 오랜만에 먹는 바삭거리는 식감과 단맛에 행복했다.

책을 읽고 있었는데 발밑에서 툭 하는 소리가 나서 보니 오징어 한 마리가 파도에 밀려 올라와 있었다. 무자비한 죽음을 당할 오징어를 보니 불쌍하다는 생각이 들었다. 하필 우리 배가 지나가는 그때 파도에 밀려와서는 YOON에게 죽음을 당할 운명이라니! 내가 소리를 지르자마자 YOON은 들고 있던 『I'm Your Book』을 내려놓고 잽싸게 오징어를 집어 선실로 내려갔다. T가 먹물을 미처 다 닦기도 전에 YOON이 회를 떠서 올라왔다. YOON은 먹는 것에 있어서 정말 적극적이다. 모험적이기까지!

아침에 T가 나를 깨웠다.

「SOO, SOO! 일어나! 뷰티풀 아일랜드를 지나고 있어!」

아름다운 무인도라는 말에 눈을 감은 채로 벌떡 일어났다. 덕분에 낮은 천장에 이마를 박았다. 저 멀리서 아주 아주 아주 납작하게 작은 섬이 보였다. 뷰티풀은커녕 눈에 잘 띄지도 않았다.

섬의 이름은 카로리나이다. T가 〈섬을 발견한 선장의 부인 이름을 따서 지은 거겠지〉라고 했지만 나는 〈발견한 사람이 여자였을 수도 있지〉라고 말했다. 내가 정치적 성향을 갖고 있거나 투철한 정의 구현에 욕구가 있는 것은 아니지만, 이런 편견과 틀에 갇힌 사고는 옆에서 넓히도록 도와야 한다고 생각한다.

가까이 다가갈 때쯤(3.7마일) 망원경으로 보니 섬에 나무가 뾰족뾰족하게 있어서 볼 만했다. 섬에 점점 가까워지자 멀리서 봤을 때와는 전혀 다른 색에 놀랐다. 신선한 배추처럼 초록색이 보였다. 육지가 그렇게까지 반갑지는 않은 걸 보니 바다가 아직 좋기는 한가 보다. 섬 위로는 새들이 떼 지어 날아다녔는데 히치콕 영화의 새들처럼 검정 구름을 만들 정도였다.

카로리나를 지나 수와로 섬에 도착했을 때 이곳이 무인도라는 걸 멀리서도 느낄 수 있었다. 온통 우거진 나무들과 꺽꺽 하며 소름 끼치도록 우렁차게 우는 새들의 소리뿐이었다. 인간의 언어가 존재하지 않는 곳에 도착한 우리는 모두 입을 다물고 있었다. 수와로의 여러 섬 중에 관리인들이 지내는 메인 섬으로 갔지만 그곳에도 사람은 없었다. 다른 무인도와는 달리 섬 중간으로 들어가는 통로가 있었고, 그곳에는 관리인들이 지내는 큰 집과 섬을 찾아오는 요티들을 위한 시설이 있었지만 그 외에는 아무런 인기척이 없었다. 오래전 사람이 남긴 흔적을 보는 게 신기하면서도 누가 어디에 숨어 있다가 나타날 것만 같아 조금은 섬뜩했다.

섬의 가장자리는 해변가라서 걸을 수 있었지만, 중간으로 들어가기 위해서는 쓰러져 있는 나무들을 타고 올라가야 했다. 땅에는 야자 집게가 정말 많았다. 이때까지 내가 알고 있던 게는 비실비실한 얇은 다리로 샤샤샥 도망이나 치는 겁쟁이었는데, 야자를 먹는 야생 게는 집게발이 내 주먹만큼 아주 묵직했고, 헝클어진 나무 줄기 사이를 민첩하게 뛰어다녔다. 사무라이 칼처럼 철컹 하는 소리가 여기저기 나서 뒤를 돌아보면, 거대한 앞발을 가진 야자 집게가 어둠 속으로 도망가고 있었다.

캡틴킴은 이리저리 구석구석을 다니며 그 거대한 야자 집게를 한 손으로 잡아 올렸다. 우리들 중 야자 집게를 잡을 용기와 무모함을 가진 것은 캡틴킴과 YOON뿐이었고, 그래서 무거운 야자 집게를 잡으면 다른 사람이 받아서 들고 있어야 했다. 그렇게 손에 건네진 야자 집게를 인질로 잡고 있던 JUN은 차라리 바다가 좋다고 했다. 벌레에 물리는 것도 싫고, 징그러운 야자 집게를 들고 있어야 하는 것도 무섭다며 떨리는 목소리로 말했다. 다리가 벌레에 뜯겨 가려운데 캡틴킴이 들고 있으라고 주고 간 야자 집게 때문에 긁지도 못하는 JUN이 가여웠다. 이렇게 같은 경험을 해도 사람들은 모두가 다르게 느낀다.

야자 집게 열두 마리를 잡았다. 그날 저녁 보글보글 끓는 물에 야자 집게를 산 채로 쑤셔 넣고 뜨거운 물에서 탈출하려는 걸 냄비 뚜껑으로 밀어 넣으며 더 이상 덜컹거리지 않을 때까지 익혔다. 그러고는 한 사람당 한 마리씩 먹었는데 세상에, 너무 맛있었다. 자연의 맛이란, 정말 상상할 수 없다.

무인도에서의 시간은 무겁게 느껴졌다. 고르지 않은 땅에 익숙하지 않은 인간의 발바닥으로 버티려다 보니 섬이 작아도 생각만큼 모든 곳을 돌아보기가 어려웠다. 시멘트 길이었다면 5분이면

WHAT! STILL HERE!

갔을 거리가 무인도에서는 믿기 어려울 만큼 오래 걸렸고, 금세 진이 빠져 버렸다. 멀리 있는 야자나무가 신기해서 구경하러 갈까 싶다가도 다시 돌아올 생각에 벌써 지쳐서 가지 않게 되었다. 21세기의 톰 소여가 될 수 있다는 기대가 가득했었지만 곧 많은 실망을 느꼈다. 생각보다 나는 모험심이 있는 사람도 아니었고, 피곤함 앞에서는 궁금증이 쉽게 증발해 버렸다.

저녁의 무인도는 예상 외로 낮보다 더 평온하고 안전하게 느껴졌다. 바다도 저녁에는 잠을 자는지 파도가 잔잔해져 이불을 덮어 주듯이 해안을 쓰다듬었다. 야자나무들도 빛 하나 없는 저녁 속에 조용히 잎을 흔들며 바람 소리를 낼 뿐이었는데, 무성하게 축 늘어진 모습을 감추니 을씨년스러움이 사라졌다.

저녁에 크루들끼리 모닥불을 피웠다. 희번덕거리면서 하늘로 치솟는 모닥불이 우리들의 얼굴을 비추고 있었다. 뜨거운 만큼 눈이 부셔서 목소리와 움직임 정도로만 누가 누구인지 간신히 분별할 수 있었다. 그런 것 외에는 모두 어둠에 감싸 가려져 있었다. 그렇게 항해 이후 처음으로 서로의 이야기에 집중을 하고 있는데, 갑자기 저 멀리 뒤에서 소리가 들렸다. 우리 일행은 모두 모닥불 주변에 있었으니 이상한 일이었다. 동물 소리인가 하고 귀를 기울이니, 섬뜩하게도 칼을 가는 소리가 들렸다. 온몸에 소름이 쫙 돋았다. 그날 밤 우리가 (그리고 내가) 무인도에서 가장 두려웠던 것은 날짐승도 파도도 아니었다. 바위 뒤 혹은 나무 위 어딘가에 우리가 모르는 누군가가 숨어 있을 거란 생각이었다. 알고 보니 그 소름끼치는 소리는 야자 집게가 내는 소리였다. 그때 깨달았다. 아, 사람이 제일 무섭구나.

안녕, 춘자

타노아, 사모아

6월 17일

수와로 다음 섬인 사모아에 도착해서 힘든 세관 과정을 거치고, 또다시 며칠 동안 식량 보충과 기름 채우기로 바빴다. 그동안 정말 말도 안 되는 일을 많이 겪었지만, 이곳만큼 경우가 없는 것은 처음이었다. 항해를 하고 이제 막 도착한 우리에게 산만큼 큰 엉덩이로 겨우 걸어온 세관 직원이 다짜고짜 먹을 것이 없느냐며 간식을 요구했다. 항해를 하고 오느라 물도 없는 우리에게 말이다. 없다고 했더니 그런 것 하나 준비하지 않았냐는 듯이 입맛을 쩝쩝 다시고 쯧쯧 소리를 냈다. 누가 보면 임금님의 행차인 줄 알았을 것이다. 국제학을 공부했을 때보다도 항해를 하면서 더욱더 각 나라의 위치와 수준에 대해서 신랄하게 파악하는 것 같다.

마지막 날 우리는 닭을 사왔다. 살아서 꼬꼬댁 울고 목을 들썩이며 껑충 걸어다니는 생닭을 말이다. 이름은 〈춘자〉라고 지었다. 우리는 앞으로 이 닭을 키울 것이다. 알을 품기를 기대하며 캡틴킴이 구해왔다. 새로운 친구가 생긴 것 같아서 기쁘다. 이제 매일 예뻐하고 밥도 주고 친해지면 껴안고 놀아야겠다.

6월 18일

춘자가 조금 적응을 했는지 밖으로 나오기도 한다. 춘자는 눈이 조금 무섭게 생겼다. 눈이 양옆으로 튀어나올 것처럼 째려본다. 또 눈이 넙적해서 가끔은 얼굴을 옆으로 한 채로 앞에 있는 나를 쳐다보기도 한다. 생각보다 귀엽지 않아서 아쉽다. 앞으로 타노아에서 나의 행복이 될 예정이었건만.

6월 19일

먹구름이 하늘을 꽉 채웠다. 불침번 마지막 조라서 끝나고 아침 7시 30분까지 깨어 있는데, 비가 왔다. 이런 날 새벽엔 항상 어릴 때 학교 가던 길이 생각난다. 비가 오는 날이면 거의 모든 학생이 부모님과 함께 왔다. 평소에는 혼자 학교에 오는 애들도 이날에는 부모 중 한 명과 우산을 들고 같이 왔다. 그래서 학교가 우왕좌왕 꽉 찼고, 그런 분위기가 좋았다. 고작 비 하나로 모두가 소란을 피우고 불편해하는 모습이 웃기기도 했다.

이런 날씨에 이렇게 태평양 한가운데 있는 내 자신이 신기하다. 타닥타닥 비미니 천막을 두드리는 빗소리가 시원하다. 평생 닿을 수 없는 수평선까지 펼쳐진 수면을 작은 빗방울들이 통통 튀긴다.

춘자는 스파게티 면을 좋아한다. 지금까지 이것저것 주었는데 반응이 없었지만 면은 많이 먹었다. 그동안 배가 고팠는지 허겁지겁 먹고 있다. 하지만 아쉽게도 춘자는 곧 사라질 예정이다. 매일 신선한 달걀을 먹게 될 기대로 사왔는데, 춘자가 알을 낳지 않기 때문이다. 그도 그럴 것이 수시로 출렁거리는 배에, 전혀 포근하지 않은 딱딱한 종이 박스 하나가 둥지라니, 그런 불안 속에서는 아무것도 낳을 수가 없을 것이다. 낳더라도 달걀이 사방팔방으로 굴러다닐 게 분명하고! 이별이 예정된 만남은 지친다. 춘자가 그중 하나라니 안타깝다.

사모아에서 합류한 PARK이 춘자를 한참 보다가 어렸을 적 이야기를 했다. 할머니 집에서 기르던 닭이 있었는데, 먹을 시기가 왔다며 할머니가 닭의 모가지를 잡더니 도끼 같은 칼로 머리를 쳤다. 그러자 피가 사방으로 튀었고 할머니 손에 힘이 풀어지는 순간 머리가 잘린 닭이 마당 이곳저곳을 휘청거리면서 전력을 다해 뛰어다니다가 담벼락을 넘었단다. 그때의 충격으로 PARK은 생닭을 보기가 어렵다고 한다. 그런 악몽 같은 이야기가 현실이라니, 캡틴킴이 춘자를 죽이는 것은 나의 몫이라고 이야기한다. 거절할 수 없는 나의 숙명이 점점 다가오고 있다.

춘자! 그동안 눌러 왔던 나의 모성애를 춘자에게 풀 생각이었다. 하지만 제기랄, 춘자는 생각보다 징그러웠다. 눈알도 노란색이고, 만지면 물까 봐 보듬어 줄 수도 없었다. 하루만에 우리가 친해질 수 없다는 사실과 춘자를 개나 고양이처럼 품에 안을 수가 없다는 사실에 실망했다. 그리고 며칠 후, 춘자가 알을 낳지 않자 캡틴킴이 나를 불렀다.

「춘자가 일을 안 한다. 먹자.」

캡틴킴이 춘자의 목을 꺾자 소리도 없이 숨이 끊어졌다. 그 후에 내가 털을 뽑았다. 따뜻한 춘자의 몸을 잡으며 털을 뽑는데 미동도 하지 않았지만 금방이라도 살아 나서 콕핏 위를 뛰어다닐 것 같아 두려웠다. 그날 저녁 우리는 춘자를 끓여 백숙을 먹었다. 차마 살코기는 못 먹고 국물만 마셨는데, 맛이 좋았다. (사실 치킨 스톡이 들어가서인지도 모르겠다.) 1시간 전까지만 해도 푸드덕 꼬끼오 소리를 내던 춘자가 갑자기 사라지니 기분이 묘했다. 단순히 허전하거나 심심하다는 기분이 아니라 춘자가 여전히 이 근처를 맴도는 듯했다. 묘하게도 오히려 살아 있을 때보다 사라진 후 더욱 그 존재감이 느껴졌다.

무언가를 돌보고 소중히 여기며 매일 아침 내 마음을 채울 수 있으리라는 희망은 그렇게 무참히 날아갔다. 춘자가 죽고 나자 문득 이 생활을 하면서 나다운 행위를 한 가지도 하지 않았다는 것을 깨달았다. 뜬금 없는 빵 굽기도, 평소에 무서워하던 닭에게 관심을 준 것도 평소의 나라면 하지 않았을 일이다. 그런 낯선 형태를 통해서라도 내게 익숙한 감정과 가치를 추구하기 위한 거였다고밖에 설명할 수가 없었다. 예컨대 친구들과 대화를 할 때면 나는 그들 삶의 조각을 품었다. 그들이 아파하면 나도 슬펐고, 그들이 분노하면 내 심장도 뛰었다. 그들이 기뻐하면 함께 축하했다. 엄마가 내게 준 애정에 범접하진 못하더라도 비슷한 온기로 친구들의 관심과 열정을 대했고, 때때로 누군가를 그렇게 품을 수 있는 나의 마음에 스스로 뿌듯했다. 하지만 이곳에서는 내게 전혀 경쟁력이 없는 부분에서조차 질투받고 감시당하고 있었으며, 우리 부모님도 하지 않는 참견과 질타와 구박을 받고 있었다. 도망칠 수 없는 배 위에서, 뛰어들 수 없는 어두운 바다에 둘러싸여 포로의 인질처럼 앉아서 내가 들을 이유 없는 이야기들과 당할 필요 없는 것을 당하고 있었다. 사람에 대한 나의 믿음이 하나씩 무너져 갔고 그동안 내가 살았던 세상과 사람들이 전부가 아니라는 것을 깨달았다. 그동안 얼마나 순진하게 살았던가⋯⋯. 스스로가 우스웠다. 내 마음의 살과 온기를 빼앗겨 점점 더 이상 나를 나로 있게 하는 것들이 뭔지 기억나지 않았다. 보호받고 싶은 연약한 마음과 무언가를 품고 보살피고 싶은 마음은 연결된 것 같다. 연약한 마음이 보호의 중요성을 깨닫고, 무언가를 보호하면서 연약함의 소중함을 깨닫는다. 한없이 약해진 나는 그래서 모성애가 솟아났던 것이다. 남은 한 가닥의 그것을 빵과 닭에게 주고 싶었는데…… 안녕, 춘자.

오렌지 주스

〜〜〜

타노아, 태평양

춘자의 죽음으로 회복할 수 없을 줄 알았던 내 안의 모성애는 뜻밖의 방법으로 채워졌다. 그토록 두려워하던 불침번 조가 새롭게 편성되어 YOON과 PARK 사이의 시간을 맡게 되었다. YOON과는 몇 개월째 아라파니와 타노아 사이를 세트처럼 옮겨 타면서 서로를 아끼고 챙겨 주었다. 아무도 함께 술을 마시려고 하지 않을 때 직접 라임을 짜서 YOON이 좋아하는 칵테일을 함께 만들었고, YOON이 어렵고 귀찮은 요리를 할 때 SOO? 라고 부르면 두 팔 걷고 들어가 함께 모두를 위해 튀기고 볶고 끓이고 섞었다. YOON은 반대로 내게 섬에서 가져온 연한 색의 조개껍질을 모아다가 주머니에서 말없이 주섬주섬 꺼내서 주었고, 내가 카메라를 들면 다른 사람들처럼 괴상한 V자를 만들거나 카메라를 쳐다보며 과하게 웃는 것이 아니라 내가 부탁하는 대로 가만히 있어 주었다.

사모아에서 합류한 Y는 70대 할아버지로, 누구보다 당차고 멋졌다. 다른 사람들이 이런저런 편의를 봐주려고 조심스럽게 다가가면 아무 말 없이 스스로 그 일을 해냄으로써 본인의 힘을 증명했다. 돌고래가 보일 때 누구보다 기뻐하고, 노을이 질 때 아무도 모르게 눈시울을 붉혔다. 그런 모습을 보면서 다른 누군가에게 더 많은 감정을 느끼게 해주고 싶다는 욕구를 되찾았다. 머리 잘린 닭의 도주를 말해 준 PARK은 나랑 불침번 순서가 앞뒤로 맞닿아 있어 대화를 많이 하게 되었는데, 처음부터 범상치 않은 사람이라고 생각했다. 옛날에 아프리카 여행을 혼자 하다가 어느 부족과 친해졌던 일, 남미에서 에메랄드를 샀던 일 등 여러 이야기가 놀랍게도 모두 20대 초반에 있었던 일들이었다. 50대인 PARK의 최근 삶도 예전 추억들과 다르지 않았다. 직접 맥주를 주조하거나 집에 연못을 만들기도 하고, 산을 타거나 아주 작은 배로 무인도를 갔다. 하루를 꽉꽉 채워 다채로운 인생을 사는 사람이었다. 무엇보다 PARK과 나는 비슷한 예술가들에게 영감을 받아 작업에 적용하고 있었다. 나는 시시껄렁한 요즘 애들의 농담보다 백남준 특유의 시니컬한 유머가 좋았다. 특히나 빌 클린턴을 만났을 때 이미 나이가 들고 몸이 좋지 않아 휠체어를 타고 있던 그가 경의를 표하기 위해 일어서면서 바지가 흘러내렸는데, 속옷을 입고 있지 않았던 본인보다 클린턴이 더 당황했고 사실은 그게 실수였는지 퍼포먼스였는지 아무도 모른다는 일화를 좋아한다. PARK은 불침번 후 내가 교대를 하러 나왔을 때 타노아 위에 떠 있는 보름달을 하염없이 보면서 혼잣말처럼 말했다.

「백남준이 뭐라 했는지 아니? Moon Is the Oldest TV. 그 말을 증명하는 순간이다, 수민아.」

숨통이 트이는 기분이었다. 아니면, 비행기를 타고 올라갔을 때 먹먹했던 귀가 육지에서 다시 뚫리는 기분이었다. 그동안 내 인생에서 본 것 중 가장 아름다운 것이 태평양의 보름달이었다. 드디어 내가 보고 생각하는 것을 나의 표현 방식으로 표출했을 때 그것을 이해하는 사람이랑 같이 항해를 하고 있었다. 우린 오래도록 친구가 될 수 있을 것 같다. PARK과는 달과 영화와 예술과 광고와 시대와 사상에 대해서 이야기할 수 있었고, 그것은 지치고 메마른 내 영혼에 오렌지 주스처럼 상큼함을 선사했다.

무풍 항해

～～～

타노아, 타비아우에아

우리는 타라와라는 섬에 들렀다가 폰페이로 가기로 했었는데, 기름이 모자랄 것 같아서 타비아우에아라는 섬에 먼저 들르기로 했다. 아무런 정보도 없이 좌표 하나만 가지고 즉흥적으로 섬을 찾아가는 것은 처음이었다. 이런 것이야말로 내가 바라는 항해였다. 공항도 없고 정보도 없는 섬에 그렇게 갑자기 들어가는 것.

무풍이 길어지니 모두가 지쳤다. 나는 마치 옛날 친구를 다시 만나는 기분으로 읽었던 책을 다시 읽기 시작했다. 매일이 새로운 바다와 아직은 너무나도 남 같은 사람들 사이에서 그나마 익숙한 것은 몇달 전 읽은 책 속 주인공들의 심리와 행동들뿐이었다. 아는 결말이었지만 그 안에서 진부함이 아닌 안정감을 느꼈다.

타비아우에아섬은 나무들이 빽빽하게 꽉 찬 정글이었고, 사람이 사는 것 같았다. 작은 다리 외에는 문명의 기운이 깃든 것이 아무것도 없었는데, 딩기를 타고 다리로 가니 동네 아이들이 모두 나와 있었다. 우리가 내리자마자 아이들은 몰려왔고, 내 몸의 타투를 신기하게 보았다. 내 타투는 태양 속 우주, 말을 탄 여자, 입에 리본이 묶인 오리, 조개 등 애기들이 좋아할 만한 것들이니까. 티셔츠의 겉과 속을 뒤집어 거꾸로 입은 남자가 우리를 향해 왔는데 그 사람은 경찰이라며 이면지 위에 우리와 배의 이름을 적어 갔다. 그곳은 더웠다. 태평양을 항해하면서 못 느껴 본 더위가 엄습했고 파리 떼들이 다리에 달라붙었다.

다른 크루들이 원주민에게 부탁해 문어를 끓여 먹고 있는데 아이들 중 한 명이 나를 오두막으로 불러 자기 옆에 앉으라고 했다. 가서 앉으니 거의 20명쯤 되는 아이들이 순식간에 내 주변을 둘러쌌다. 우리는 잘 되지도 않는 대화를 이어 가며 서로를 놀리며 깔깔 웃었다.

언어가 안 통하는 사람들과의 소통은 생각보다 쉬웠다. 먼저 내 자신을 가르키며 〈SOO〉라고 말했다. 반복하고 또 반복했다. 그리곤 손가락으로 내 옆에 있던 아이를 가리키며 눈썹을 추켜올려 말없이 질문했다. 그랬더니 전혀 따라할 수 없는 혀 놀림이 필요한 소리로 자신을 소개했다. 최대한 그 소리를 비슷하게 따라하고 반복하고는 그 옆의 아이에게도 똑같이 눈썹으로 질문을 했다. 그렇게 다섯 명 정도의 이름을 물어보고는, 일부러 옆 아이 이름을 틀리게 말했더니 모두가 깔깔 웃었다. 그때부터 우리는 서로 장난치기 시작했다.

〈I LOVE YOU〉라고 말하며 손으로 심장을 가르키고 두 손을 모아 하트를 만들었다. 그랬더니 역시 그들의 언어로 말해 주었다. 갑자기 옆에 있던 여자애가 내 귓속으로 어떤 이름과 함께 사랑한다는 얘기를 해서, 그것을 크게 외쳤더니 저 건너편 나무 밑에서 나를 지켜보고 있던 남자아이가 소스라치게 놀라더니 집 뒤로 사라졌다. 주변에 있던 또래 남자아이들이 깔깔거리며 손가락질을 했다. 그랬더니 내 옆의 여자아이가 또다른 이름을 알려 주었다. 그것을 외쳤더니 방금 전까지만 해도 깔깔 웃던 남자애가 놀라서 뒤로 넘어지면서 도망쳤다. 그렇게 나는 이 섬의 거의 모든 남자애에게 사랑 고백을 하며 시간을 보냈다.

이렇게 언어가 통하지 않아도 사람의 마음은 함께 즐거울 수 있다. 반면에 언어가 통하더라도 대화가 안 되는 사람들과의 소통은 전혀 다른 얘기이다. 그 부분에서 거짓된 소질을 키울 생각은 눈꼽만큼도 없다.

더워서 머리카락을 손으로 움켜잡고 있었더니, 어떤 여자애가 SOO라고 나를 부르더니 늘어진 고무줄을 팔에서 빼주었다. 코

코넛 향기가 가득했다.

딩기를 타고 그곳을 떠날 때 마을 아이들이 다리에 앉아서 우리를 배웅했다. 큰 소리로 〈SOO! SOO!〉를 외치며 모두 손을 흔들었고, 나는 이상하게 마음이 휑하면서 아파 왔다. 크루들은 아라파니와 타노아 쪽으로 고개와 몸을 돌려 앉아 있었지만 나는 계속해서 뒤를 쳐다볼 뿐이었다. 이때 깨달았다. 섬은 항해 도중 부족했던 것들을 채우는 바다의 오아시스였다. 그것이 연료든, 물이든, 식량이든, 따뜻함이든 말이다.

눈을 뜬 상태로 잠시 영혼이 내면의 깊숙한 곳에 다녀오느라 그랬는지 불침번 시간에 맞춰 놓은 알람이 울렸을 때, 마치 잠에라도 들었던 것처럼 깨어나는 데 시간이 걸렸다. 한숨을 내쉬며 습한 침대에서 일어나 정강이 중간까지 올라오는 높은 문턱을 익숙하게 넘어 바로 옆 계단으로 기어올라 갔다. 밖으로 나가니 오늘 밤 나를 괴롭힐 인물이 마치 기다리고 있었다는 듯이 더운 태평양의 까마득한 저녁에 요란스러운 소리로 부채질을 하고 있었다. 불침번 불청객들의 특징은 항상 불침번이 앉아야 할 자리를 차지해 근무 서는 것을 방해한다. 배는 바람의 방향으로 힘을 받기 때문에 기울어서 가는데, 기우는 방향에 앉아야 그나마 힘을 덜 쓰고 앉아 있을 수 있다. 반대 방향에 앉으면 등에 힘이 들어가게 되고 어떻게 앉아도 근육을 사용하게 되어 피곤해진다. 그러면 세 시간 동안의 불침번이 정말 고통스럽다. 그래서 불침번을 서고 있더라도 다음 불침번이 나오면 자리를 비켜 주는 것이 예의인데, 이 사람은 불침번도 아니면서 떡 하니 내 자리에 앉아 있었다. 모기 같다고 생각했다. 잉잉거리며 시끄럽게 돌아다니다가, 표적을 찾으면 조용히 내려앉아 원하는 만큼 피를 빨아들일 때까지 끈질기게 붙어 있는다. 오늘의 주제는 타비아우에아에서 내가 아이들이랑 놀고 있을 게 아니라 캡틴킴이 가져온 문어를 같이 먹었어야 한다는 것이었다. 캡틴킴이 어렵게 찾아온 문어를, 그것도 주민들이 특별히 끓여 준 의미 있는 그것을 맛이 없어도 우두머리의 권위를 위해 먹어야 했는데, 내가 오두막 그늘에서 아이들이랑 시끄럽게 노니까 얼마나 무안했겠느냐는 것이었다. 그리고 〈참 독단적이었고 무례했다, 너네 엄마 아빠도 봤으면 부끄러워했을 거다〉라고 덧붙였다.

　도대체 나는 여기에 왜 있는 것일까? 이곳에서 내게 주어진 자유의 크기는 모기가 빨아 먹은 나의 피만큼이나 될까? 모든 일(기름과 물을 길어 오는 것)을 다 마치고 쉬는 중에 내가 하고 싶은 것을 하며 시간을 보냈던 것뿐인데, 너무 익어 버려 질긴 문어를 거부할 권리도 없다는 사실에 갑자기 멀미가 날 정도로 서러웠다. 이토록 자유를 원했던 적이 없다. 숨이 막힌다.

　자꾸만 내게 〈이렇게 행동해야 한다, 저렇게 하면 안 된다, 우리는 태평양에 있지만 배 위는 한국 사회다, 독단적 행동은 하지 말라〉라고 직접적으로 말하는 몇 명의 다그침이 내가 하고 싶은 일에 족쇄를 채운다. 아무래도 내가 외국에서 살다 온 것을 염두에 둔 일침인 듯한데, 입국이나 출국 신고를 할 때는 내게 의존하고 그런 나의 이력을 당연하게 받아들이면서, 내가 나답게 행하고자 할 때는 〈검은 머리 외국인〉이라는 아픈 말로 내 가슴을 찔렀다. 마치 중요한 한국 사회의 진리를 선심 쓰듯 알려 준다며 마음을 긁는다. 심지어 새로운 섬이나 나라에 가면 가장 요란스럽게 〈여기서 살고 싶다〉고 외치는 사람들이 그런 말을 하니, 내가 왜 이런 이야기들을 듣고 있는지 모르겠고 당황스럽다. 하지만 가장 어리고 약하고 도움이 되지 못하는 내 입장이 나를 벙어리로 만든다. 그렇다고 보호받고 있다고도 전혀 느끼지 못하는데 말이다. 머리가 터질 것 같다.

엄마에게

여자가 그리워, 엄마. 작은 것들에 큰 의미를 둘 줄 아는 사소함이 그리워, 힘들어하면 쉬어 갈 수 있는 여유로운 마음이 그리워. 칭찬이나 위로를 해준다고 해서 나태해지는 건 아닌데 말이야. 왜 서로에게 작은 격려를 해주지 않는걸까?
엄마의 포근한 품이 그리워. 남자들의 몸은 너무 단단해. 내 주변 여자 친구랑 손잡고 수다 떨었던 때가 그리워. 나도 여잔데 말이야. 자꾸만 그걸 잊고 있는 기분이야.

왜 남자들이 섬에만 도착하면 그렇게 여자들을 찾았다는 건지, 이제 이해할 수 있을 것 같아!

내 얼굴을 제대로 본 적이 언제였는지. 거울을 볼 일이 없으니 내 얼굴을 잊게 되는 것만 같아. 새로운 생활 속에서 내가 어떤 사람이었는지 조금씩 잊어 가고 있어. 지금의 내 모습을 확인할 길이 없으니……. 이러다가 유령이 돼서 사라지면 어떡하지? 내 안의 중요하고 따뜻한 무언가가 사라지면 어떡하지? 그래도 여전히 나일 수 있겠지? 내가 돌아갔을 때 엄마가 나를 못 알아보면 어떡해? 보고 싶어, 엄마.

6월 29일

이곳에서 즐거움을 찾는 것은 어려운 일이 아니었다. 아름다운 바다가 매일 펼쳐지고, 쉽게 갈 수 없는 곳에 도착할 때마다 나만의 기억을 남겼다. 분명 모험 중임을 매 순간 느낄 수 있었다. 하지만 갑자기 엄습해 온 외로움이 가슴을 먹먹하게 채우고 있다. 새로운 생활에서 오던 즐겁고 신기했던 감정들이 어느 정도 걷히자 낯선 내 자신만이 있다. 나는 무엇을 좋아하던 사람이었지? 어떤 말투를 가졌었지? 어떤 생각을 주로 하고 어떤 대화를 즐기던 사람이었지? 몸과 기억에서 나를 잊어버렸다. 내 자신을 기억하지 못한다는 것은 앞니가 빠진 것처럼 굉장히 시리고 으스스하다. 거울을 마지막으로 본 것이 언제인지 기억나지 않는다. 거울을 보고 싶다. 어색할 정도로 뚫어져라 내 눈을 쳐다보면서 내가 누군지 물어보고 되찾고 싶다.

갑자기 침전된 이유를 모르겠다. 이런 비움과 채움의 과정을 원해서 이 모험을 시작했는데 휑함을 간절히 원했던 그때의 내 자신을 기억해 보면 갑자기 생소하다. 내 자신을 미워하고 있다. 빨리 돌아가고 싶다는 생각이 굴뚝 같다. 더 이상 있고 싶지 않은 곳에서의 여행은 구속과도 마찬가지다. 두 달이나 남았다니, 내일이면 6월의 마지막 밤이다.

훈련

∼∼∼

타노아, 투발루

투발루에 도착했다. 섬에서 떨어진 곳에 정박을 했는데, 캡틴킴이 갑자기 섬까지 수영을 해서 가라고 지시를 내렸다. 근처이긴 했지만 수심기를 켜는 것이 무의미할 정도로 깊었고, 바다의 너울도 태평양의 한가운데와 다를 것이 없었다. 예상치 못했던 강한 훈련이었다.

다른 사람들은 모두 오리발과 스노클링 장비를 들었지만, 나는 쓸 줄 몰라서 맨몸으로 수영을 하겠다고 했다. 사용법을 모르는 도구는 오히려 짐이 될 뿐이라고 생각했고 수영이라면 자신 있었다. 그러나 시작하자마자 내가 경험한 것 중 가장 강한 훈련이라는 생각이 들었다. 물안경을 꼈지만 파도가 너무 거셌고, 비까지 조금씩 왔다. 숨을 쉬려고 고개를 들면 물결이 덮쳤고, 겨우 팔 힘으로 앞으로 나아가면 파도가 단숨에 나를 밀쳐 뒤로 끌어다 놓았다. 숨을 참고 바닷속을 바라보니 끝이 보이지 않고 어둡기만 했다. 밑이 보이지 않는 곳에 떠 있자니 멈추면 금세 빠져들까 봐 살기 위해서 발길질을 계속하게 되었다. 마치 등받이가 없는 의자에 앉아 그 사실을 까먹고 뒤로 몸을 젖힌 순간의 아찔함이라고 할까.

두렵기보단 내가 과연 끝까지 갈 수 있을까 하는 의문이 들면서 잘 해내야겠다는 생각이 간절했다. 차라리 이렇게 힘든 것은 이유라도 있다. 부당한 아픔도 아니며 이유 없는 미움도 아니기에 근육통이 조금씩 오는 것을 느끼면서 어느 때보다 자립적인 기분을 느꼈다. 사람에 지쳐 도망 온 곳에서조차 사람 때문에 힘들어진 내게 이유 있는 고통은 스스로를 증명할 기회였다.

오리발이 있는 사람들보다 자꾸 뒤처져서 쉴 새 없이 계속 헤엄칠 수밖에 없었다. 처음에는 자유형을 했지만 파도가 너무 세서 평영으로 바꿔 파도를 마주하는 면적과 시간을 줄여 나갔다. 그 후부터는 아예 깊이 잠수를 해서 최대한 몸을 앞으로 밀고 나가 참을 수 없을 때에만 간신히 입과 코로 공기를 마시고 다시 물밑으로 들어왔다. 그렇게 과격하게 움직이다 보니 오른쪽 귀걸이는 초반부터 사라졌고, CHAE가 준 발찌마저 잃어 버렸다. CHAE가 준 것은 모두 바다가 가져가는 걸 보니 그는 진짜 바닷사람인가 보다.

중간쯤부터는 섬이 도저히 가까워지지 않아서 제자리에만 있는 게 아닌가 싶어 두려웠고 조급해졌다. 어깨와 다리가 점점 견디기 어려운 정도로 아파 배영을 하면서 몸을 잠시 쉬게 해야만 했다. 섬에 가까워졌는지 점점 물에서 여름 해변가의 미역 냄새가 나기 시작했다. 해초도 보였는데 그때는 앞으로 나아가는 것을 잠시 포기한 채 그 모습을 즐겼다. 바다보다도 새파란 블루탱들이 내 아래로 마구마구 지나갔다. 몸이 더 지쳐 갈 때쯤 육체의 고통을 잊기 위해 필사적으로 손에 정신을 집중했다. 그런 단계를 넘어서니 이제 정말 섬이 눈앞으로 다가오고 있었다. 내 페이스를 맞추기 위해 모두가 기다려 주었다. 캡틴킴은 일부러 내 시간을 벌어 주기 위해서 오리발을 낀 사람들을 멈춰 세우고 노래를 시켰다. 순간순간의 격려에 눈물이 날 것처럼 벅차 올랐다.

섬 근처로 가니 낙엽들이 둥둥 떠다니고 있었다. 이제야 육지에 온 것 같아 반가웠다. 떠다니는 낙엽 하나를 손에 꽉 쥐고 한참을 앞으로 나아갔다. 같은 동작을 반복하다 보니 내 자신이 더 이상 존재하지 않는 것만 같았고, 그래서 낙엽을 꽉 잡으며 정신을 지탱했다. 이번 훈련에서 다양한 사람들의 성격이 한눈에 보였다. T는 이것이 시합인 줄 알고 계속해서 속도를 내 앞으로 나갔다. 그 때문에 뒤에 있는 나는 조급해서 쉴 수가 없었는데, 캡틴킴은 이것이 시합이 아니라 모두와 호흡을 맞추는 구조 훈련이라며 T를 대여섯

번 불러 세웠다. JUN은 원래 수영을 전혀 할 줄 모르는데 이번 항해를 위해 몇 개월 전부터 배운 것이라고 했다. 물에 대한 공포가 남아 있었지만 꿋꿋하게 해냈고, 나중에 도착했을 때 다이빙 슈트가 피부에 쓸려 겨드랑이와 허벅지가 빨갛게 부어올라 있었다. 묵묵하고 담담한 JUN의 모습이었다. PARK은 시합이던 훈련이던 상관 없이 밑으로 쭉 내려가서 해초 사이의 열대어를 구경하고 인어처럼 살랑살랑 우리 아래에서 바닷속을 구경하며 다녔다. 세 시간쯤 쉬지 않고 수영을 했을까? 목이 뒤로 꺾여서 평생 아래를 쳐다볼 수 없을 것 같은 고통이 극으로 치달을 때쯤 캡틴킴은 멈춰도 된다고 말했다. 섬 근처에 도착해서 요트에 올라갔을 때 큰 성취감을 느꼈다. 물속에 있어서 잘 몰랐지만 밖으로 얼굴을 내밀었을 때 뺨이 후끈 뜨거워진 것을 느꼈다. 마치 길고 지루한 책을 다 읽고 난 느낌이었다. 고통스러운 과정을 견디고 나니 이제 무엇이든 할 수 있다는 생각이 들었다. 그 와중에도 오리발도 없이 끝까지 수영을 하느라 오빠들의 기를 꺾었다는 소리를 들었다. 핀잔인지 혹은 나름의 칭찬인지 모르겠지만, 머리부터 흘러내리는 물을 뚝뚝 흘리며 물이 받쳐 주던 몸의 무게를 갑자기 느끼게 되어 휘청거리는 내가 듣기엔 참 가혹했다. 존재 자체가 죄송스러운 기분이었다.

이제는 무인도가 아닌 도시로 가고 싶었다. 내게는 더 이상 새로운 것이나 신비로운 존재들이 아닌, 땅의 생기와 인간의 온기와 활력이 필요했다. 무인도의 축 쳐진 나무와 사람들이 놓고 간 신발 한 짝이나 유리병 같은 흔적들이 더욱 도시의 그리움을 증폭시킨다.

투발루를 탐험하는 것에 지치기 시작했다. 앉아 있기에는 모래들이 몸에 달라붙어서 불쾌했고, 걸어다니기엔 인간의 부드럽고 연약한 살에 익숙할 리 없는 무인도의 뾰족뾰족하고 무성한 풀 때문에 불편했다. 섬을 둘러싼 얕은 물에 떠 있는 것이 그나마 쾌적했다. 물에 얼굴을 박고 붕 뜬 채로 느리게 흘러다니는 것은 묘한 매력이 있었다. 물결에 따라 수동적으로 움직였지만 마치 물 속의 해초들처럼 내 몸은 보이지 않는 물의 움직임에 동화되었다. 내 손도 자세히 보면서 이리저리 물속을 흘러다녔다.

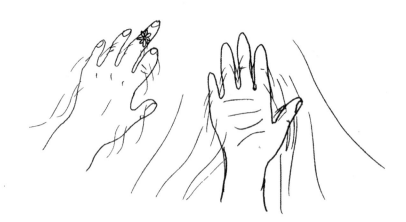

진실한 이별

타노아, 폰페이

PARK은 폰페이라는 섬에 도착해 배에서 내리게 되었다. 이미 PARK이 내린다는 것을 알고 있었지만 막상 다가오니 서글펐다. 어렸을 때 이사를 다닐 때 말고는 사람이 아쉬웠던 적이 언제였는지 기억나지 않았는데, 어른이 된 후로 그렇게 눈물이 그렁그렁 맺히면서까지 누군가와 헤어진다는 게 두려웠던 것은 처음이다. 수중에 가진 것이 별로 없어서 소금물 먹은 내 일기장에 아쉬움 가득한 마음을 담아 편지를 써서 찢어 접고는 또 접어 떠나는 PARK에게 주었다.

　버스 정류장처럼 생긴 공항에서 비행기를 타기 위해 기다리는 PARK을 뒤로하고 우리 배는 다음 섬인 사이판으로 떠났다. 본체를 두고 지붕만이 바람에 휩쓸려 둥둥 떠나가는 불완전한 마음으로 폰페이와 멀어졌다.

뾰족하게 솟아 있던 섬이 점점 멀어지며 납작해지는 것을 한참 바라보는 동안 PARK이 내게 주었던 사소한 기쁨들이 떠오르기 시작했다. 불침번 때 달을 보면 종종 엄마가 떠올랐는데, PARK이 오기 전까지는 엄마 이야기를 꺼냈을 때 아무도 관심을 갖지 않아서 무안해지기만 했다. 풍선처럼 마음속에서 엄마에 대한 마음이 커졌는데 꺼낼 수가 없어서 답답했다. 차라리 혼잣말이라도 하고 싶었다. 하지만 그런 그리움에 찬물을 끼얹는 요상한 정치나 철학 이야기만이 오고 갔다. 하지만 PARK이 오고 나서는 이런저런 예술가들에 대한 이야기부터 신기한 세계관에 대한 이야기까지 하게 되었다. 그러면 다른 사람들은 재미가 없는지 점점 조용해지기 시작했다. 그들 귀에는 우리 이야기가 개똥 철학으로 들렸을지도 모른다. 상관 없다. 개똥 철학이라도 함께 말할 상대가 있다는 것은 크나큰 위로였다. PARK과의 시간들 속에서 마음에 휴식을 갖게 되자 그동안 무시해 왔던 내 마음속의 그리움과 관심이 다시 새살이 돋는 것처럼 나타났다. 그때 PARK에게 엄마 이야기를 한참 했다.

「어느 날 사진을 찍으며 살기로 결정하고 혼자 아프리카행을 결정한 때 엄마랑 많이 서먹해졌어요. 엄마 아빠가 부다페스트에서 지냈을 때였는데, 여름에 그쪽으로 놀러 갔거든요. 엄마와 숲속 산책을 하던 중, 한참을 말없이 걷던 엄마가 갑자기 입을 열었어요. 〈보통 사람들은 많이 걸어서 평평하게 난 통로를 찾아 걷는데, 우리 수민이는 저 옆의 장미도 궁금하고 그 너머에 뭐가 있는지 궁금해서 덩굴에도 들어가고, 가시가 있더라도 아무도 모르는 그런 길을 걷고 싶은가 봐. 정작 도착지는 똑같은데, 그래도 궁금한 걸 직접 보고 경험하고 싶은가 보네. 처음에는 이해가 잘 안 됐는데, 어쩌겠니? 어렸을 때부터 궁금한 건 못 참는 너였는데. 엄마는 이제 이해해.〉 엄마는 분명 젊었을 때 저랑 똑같았을 거예요. 그런데 우리의 시간은 어딘가에서 다른 갈림길을 걷게 되었고 지금 이렇게 다른 젊은 시절을 사나 봐요. 평생 엄마랑 손잡고 같이 살고 싶은데 그와 동시에 제 마음에는 왜 이렇게 궁금하고 하고 싶은 게 많은 걸까요?」

이때 PARK이 말했다.

「수민아, 나 방금 눈물 날 뻔했다. 어머니 정말 멋있는 분이다.」

PARK의 한마디가 얼마나 고마웠는지 모르겠다. 달밤에 불쑥불쑥 솟아나는 나의 어쩔 줄 모르는 마음이 많이 보듬어진 기분이었다. PARK도 딸들과 아들 이야기를 해주었다. 아들이랑 여행을 갔던 이야기, 아들과 딸들이 기타와 드럼을 치며 연주한 노래들,

앞으로 찍고 싶은 영화 시나리오 등등. PARK의 가족들은 모두 저마다 PARK의 모습을 일부 품고 있었다. 그러던 와중에 신기하게도 PARK에게 CHAE의 이야기를 하게 되었다. 그동안 누구에게도 하지 못했던 파나마 길거리에서의 이야기를 나도 모르게 쏟아부었다. PARK이 미소를 지으며 이야기를 들어 주자 더 신나서 이야기가 술술 나왔는데, 그제야 깨달았다. 그동안 힘들었던 생활과 항해에 CHAE와의 시간들이 많이 그리웠다는 것을. 그리고 근거가 없고 확인할 연락망도 없었지만, 분명 CHAE도 똑같이 달밤 아래서 문득 내 생각을 하고 있을 거라는 확신이 들었다. 사람과 사람이 통한다는 것은 그런 것이라고 깨달았다. 말하지 않아도 아는 것, 상대가 어떤 생각과 마음일지 짐작하는 것. PARK과 대화하면서 CHAE와 내가 연결되어 있다는 것을 느꼈다. 내 이야기가 끝나자 PARK이 말했다.

「돌아가면 꼭 전달하렴.」

무엇을? 왜? 라고 묻지 않아도 어떤 말인지 알 수 있어서 웃으면서 고개를 끄덕였다. 따뜻한 격려, 그것이 내가 태평양에서 가장 목말랐던 것이었다.

섬이 점점 멀어졌다. 바다를 거스르는 점 같은 우리를 지켜보고 있을 PARK의 모습이 보였다. 모습이 사라질 때까지 자리를 지키는 것은 누군가를 그리워하며 떠나 보내는 진정한 마음이었다.

마치 향이 꺼질 때까지 재단 앞을 지키고 싶은 기도자의 마음처럼
진실된 이별을 대하는 자의 모습이었다.

드디어 반가운 마지막

아라파니, 사이판, 나가사키

8월 5일

사이판을 떠났다. 사이판은 공항이 있고, 전형적인 관광지라서 내게 매력적인 곳은 아니었다.

매일매일이 덥다. 우리는 요즘 빅 투라는 카드 게임에 재미를 들렸다. 사이판에서 합류한 KIM이 가르쳐 준 것인데, 처음에는 모두가 뜨거운 태양 아래서 하는 이 복잡한 게임의 규칙을 반가워하지 않았다. 하지만 밥을 먹고 잠시 침묵이 흐르면 모두가 똑같은 생각을 하고 있었다. 누군가 침묵을 깨고 〈게임 한 판 하시죠?〉라고 하면 모두가 미소를 띤다. 게임에서 진 사람이 그날의 설거지를 한다. 그것조차 우리에게 충분한 동기를 부여한다.

오랫동안 집을 비웠는데, 그만큼 집으로 귀환하는 기간도 점점 다가온다. 그런데도 마취를 한 것처럼 무덤덤하다. 이 모든 것, 매일 불침번을 서고 같은 시간에 좌표를 찍고 돛을 펴는 것이 집으로 향하기 위함이라는 사실이 내 마음 어딘가에 존재했지만 느끼지는 못했다. 집으로 돌아간다? 이제는 우리의 GPS 화면에 한국 땅이 보인다. 반가움보다는 너무 가깝게 느껴진다. 아무리 보고 또 봐도 눈에 익지 않아서 좌표를 찍어야만 찾을 수 있는 낯선 땅의 실루엣에 익숙했는데, 갑자기 모양만 봐도 그 길거리와 소리들이 한꺼번에 떠오르는 대한민국을 보게 되니 오히려 너무 빨리 다가가는 것은 아닌가 싶어진다. 이러다가 모르는 사이에 부딪히는 건 아닐까?

대한민국을 지도에서 본 이후 변화가 있다. 깔끔한 정신으로 잠에 들 수 없다. 더 이상 파도 소리에 집중할 수 없고, 익숙하지만 피하고 싶었던 목소리들과 내가 도망쳐 온 사람들과의 뻔하고 지겨운 시나리오가 리모콘을 잃은 TV처럼 머릿속에서 되풀이된다. 정신과 몸이 긴장하고 있다. 돌아가기 싫은 것이 아니다. 익숙함이 그립고, 안정감이 그립다. 내가 떠나 온 모든 것이 그립지 않은 것이 아니란 말이다. 하지만 슬프게도 이번 모험에서 나는 강해지지 않았고, 오히려 더 부서졌다. 그래서 내가 피했던 것들을 다시 마주했을 때, 떠나기 전처럼 또다시 약해지고 슬퍼질 것만 같다. 선명히 눈앞에 그려지는 도시 속의 소란스러운 생활이 중력처럼, 도저히 저항할 수 없는 자기장처럼 나를 끌어들이고 있다.

내 몸의 모든 세포를 최대한 열고 태평양을 모두 받아들이기 위해 노력하고 있다. 그래야만 무엇이라도 남을 것 같았다. 파도가 부서지는 소리. 뜨거운 태양 아래 눈을 감고 있을 때 앞에서 펄럭이는 돛의 그늘, 모두를 게으르고 졸리게 만드는 일요일 오후의 햇빛 냄새.

8월 6일

새벽 3시에서 6시 사이의 불침번에 구름이 색에 물드는 것을 봤다. 한순간에 그것은 무섭게도 선명한 붉은색으로 변했는데, 바다의 파란 표면을 불태울 것만 같았다. 얼굴이 뜨거워지는 색이었다. 순식간에 구름은 초록색으로 바뀌었고, 계속 보고 있는데도 언제인지 모르게 청록색이 되었다. 팔레트의 끝과 끝을 오고 가는 색들이 내 머리 위로 펼쳐졌다.

다음 섬까지 649마일이 남았다. 맥주 두 캔을 어른 여섯이 나누어 마셔야만 했다. 우리에겐 지금 열두 캔도 남지 않았다.

바다는 어느덧 다시 파래졌다. 다시 평상시로 되돌아왔지만, 일찍 일어난 자만이 볼 수 있는 쫀득하고 멋진 색감은 사라졌다. 그것이 바다의 비밀스러운 얼굴이다. 평생 잊지 못할 것이다.

아주 작은 제비가 우리 요트로 날아왔다. 검정색이었지만 햇빛을 받으면 털이 파란색으로 빛났다. 오후에 피터(제비에게 내가 지어 준

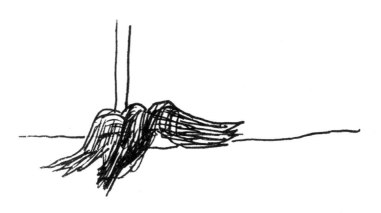

이름이다)는 콕핏의 바닥에 기절하듯 쓰러져 있었다. 날개를 활짝 펴고 중심을 잡고 있었다. 피터의 날개는 정말 작았지만 아름다웠다. 조용한 밤의 파도를 덮어 주는 저녁 하늘 같은 색이었다.

오늘 아침 일상의 모든 흔적을 한자리에서 조용히 둘러보았다. 라이프 라인에 말리려고 걸어 놓은 옷들, 콕핏에서 낮잠 잘 때 베기 위해 둔 때 묻은 베개들, 흔적의 주인들을 하나하나를 떠올리며 어딘가 모르게 거리를 두고 있었다. 이제 우리 모두의 모험에 끝이 오고 있었다. 그리고 이 모든 일상이 추억으로 기억될 날이 드리워지고 있었다.

8월 7일

〈아, 안 돼.〉 모두가 조금 놀란 목소리로 이야기하고 있었고, 몇 명은 슬프기까지 한 것 같았다. 잠에서 덜 깬 상태로 몇몇 단어를 들을 수 있었다. 그중에는 〈물이 부족해서〉, 〈사체〉 등의 단어가 들렸고, 바로 피터가 죽었다는 사실을 직감했다. 보고 싶지 않아서 눈을 가늘게 뜨고 선실에서 밖을 향해 작은 목소리로 물었다.

「피터 죽었어요?」

밖으로 나오면서 휴지 한 장 위에 살포시 얹힌 피터의 사체를 보았다. 피터는 몸에 물이 쫙 빠졌는지 말라 있었고, 파란 털의 윤기를 모두 잃었다. 이미 피터는 재가 된 덩어리처럼 보였다. 사체를 보자마자 반사적으로 고개를 돌리고 방으로 들어가 침대 위로 몸을 뉘였다. 다른 사람들은 오늘 아침 피터랑 똑같이 생긴 제비 두 마리가 우리 요트를 맴돌았다고 했다. 그리고 친구를 찾아온 그 두 마리 새를 보고 그중 하나가 피터일꺼라 생각하며 안심했었다는데, 이 사실을 통해 우리는 두 가지를 유추할 수 있다.

1   사람은 동물의 얼굴을 잘 모른다.

2   동물의 우정은 사람의 우정보다도 진할지도 모른다.

사람들은 빅 투 카드 게임을 하고 있었고, 내 순서를 기다리며 스프레이 후드(비바람을 막아 주는 앞과 옆이 막힌 가림막)와 해치(위로 젖히는 작은 출입문) 사이에서 잠을 자고 있었다(그렇다. 나처럼 몸이 작으면 그 사이를 공처럼 말아서 들어갈 수 있다).

내가 카드 게임에 이렇게 흥미를 갖게 될 줄 몰랐다. 지고는 못 배기는 성격도 아니었고, 게임에서 이겨야만 자신감을 얻는다거나 재미를 보는 성격도 아니었는데 말이다. 하여튼 현재 위치는 23.46. 279 N 134.44.498E(2017.08.07. 13:32 PM), 속도는 6.2노트이다. 태평양은 우리에게 어느 정도 자비를 베풀고 있다. 나쁘지 않은 속도다. 오늘도 풀하우스와 스트레이트 플러시를 태평양 한복판에서 내리깔 수 있었다.

추신: 엄마 아빠 걱정 마세요! 저는 어차피 잃을 돈이 없어요! 그냥 재미로 하는 거랍니다!

집에 가까이 다가갈수록 도착하면 하고 싶은 일들로 머릿속이 가득 차고 있다. 태평양의 태평함이 나의 가만히 못 있는 성질을 많이 잠재웠다고 생각했는데, 본능은 쉽게 잃을 수 없고 인간의 성격은 쉽게 지워지지 않는가 보다. 우리는 지극히도, 지독히도 우리 스스로일 뿐.

돌아가면 할 것들:

필름 현상하기(지금까지 총 79롤 찍었다. 당장 어디서 현상을 할 수 있을지도 모른다. 오기 전에 작업실을 정리해 버렸기 때문이다. 그렇다면 다음 목표는)

새 암실 만들기

터키에 가서 몇 달 살면서 글 쓰기. 제목은 〈민트 향 차〉

요트 사서 혼자서 여행하기

신문에 글 투고하기

치마 입고 하이힐 신고 카페에 앉아서 지나가는 사람들 구경하기

책방 가서 한참 서서 읽기

최후의 노력

<center>~~~~~</center>

아라파니, 타노아

8월 10일

어제 하루 종일 자면서 기이한 꿈을 꾸었다. 나는 타노아의 부엌에 있었다. 모든 것이 믿기 힘들 정도로 현실 같았다. 싱크대에서 양치질을 하고 있었는데, 어느덧 칫솔 대신 숟가락을 입에 물고 있었다. 입에서 숟가락을 꺼내니 흙과 지렁이가 가득했다. 구토를 하기 시작했는데 입에서 계속 흙이 나왔고, 길게 늘어진 지렁이가 목구멍과 입에서 끊임없이 나왔다. 길고 하얀 지렁이. 계속 손으로 잡아서 끄집어내도 꼬리가 보이지 않았다. 지금까지 기억 중 가장 징그럽고 몸서리나는 이미지이다.

그 꿈을 꾼 이유는, 정말 솔직하게 말하자면 (본인의 일기 말고 사람

이 솔직할 수 있는 데가 또 어디 있겠냐마는) 이틀 동안 양치질을 하지 않았기 때문인 것 같다. 그래서 입안이 텁텁하고 스스로 지저분하다고 생각했던 탓인 듯하다.

아침에 만새기 두 마리를 더 잡았다. 나는 정말이지 낚시에 질려 있다. 낚시에 질렸던 때는 한 달 전 Y가 참치를 잡았던 날이었다. 돛폭을 줄이는 일에도 매번 〈내가 할게, 내가〉라고 말했었는데 낚시도 기회를 보고 있었던 것 같다. 이번 참치는 새끼였는데, 놀랐는지 캡틴 킴이 칼로 입안의 미끼를 빼자 바로 간을 토해 냈다. 빨갛고 매끄러운 핏덩이를 두 번이나! 올라오면서 저항이 꽤나 있었고, 머리가 바구니에 담긴 채로 꼬리를 마구마구 흔들었는데 꼭 모터가 달린 것 같았다. 도저히 자연의 힘 같지 않았다. 죽음의 경지는 초자연적이다.

기쁨이라는 것이 사람의 형태로 나타난다면 그것은 바로 Y이다. 우와 하는 감탄사가 입에서 끊임없이 나왔다. 뿌듯함이 자연스럽게 드러나는 모습이 솔직해 보여서 부러웠다.

「수민 양, 드디어 태평양에서 참치를 잡았어! 친구 놈들이 아주 부러워할 거야. 지금은 새끼지만, 돌아갈 때쯤이면 이만큼이나 자라 있겠지.」

Y는 윙크를 하며 팔을 최대한 넓게 벌렸다. 그러나 그 기쁨도 잠시, 이번에는 거물이 잡혔다. 해가 뉘엿뉘엿 지고 있어서 낚인 것의 정체가 무엇인지도 모르는 상태였다. 힘이 너무 세서 두 명이나 낚싯대를 붙들고 있어야만 했다. 그렇게 3시간 20분이나 버텼는데, 알고 보니 상어였다. 상어는 똑똑해서 미끼를 물지 않는데, 재수 없게도(죽을 운명인 걔나 3시간 20분 동안 휠을 잡고 있어야 했던 나나) 지느러미가 낚여 올라왔다. 2.3미터 정도의 크기였다. 캡틴킴이 옆구리를 찌르니까 입에서 붉은 피가 흘러나왔다. 불쌍하게도 몸의 절반이 절단되었는데 입을 움직이며 숨을 쉬고 있었다. 상어는 왜 비명을 지르지 않을까? 덩치에 비해 고요한 죽음이었다.

상어 고기를 보관할 곳이 없어서 3분의 2를 바다에 버렸다. 먹을 것이 부족한 것도 아니었는데(냉장고에는 생선이 이미 넘치다 못해 냉장고를 열면 만새기 머리가 떡하니 자리를 차지하고 있었다. 아침에 사이다를 꺼낼 때는 꼭 만새기 머리에게 인사를 해야만 했다) 3시간 남짓 상어의 지느러미를 가위로 끊을 생각은 안 했고(그놈의 기록에 대한 욕심 때문에!) Y가 신나서 잡은 작은 참치는 그대로 방치되어 결국 버렸다. 자연에게도, 서로에게도 못할 짓 같아 진절머리가 났다.

왜 작은 것들조차 챙기지 못하면서 큰 것만 가지려고 할까?

뙤약볕 때문인지 하루 종일 정신 없이 생물 두 마리를 살생한 탓인지 기운이 없었다. 상어가 잡힌 이후 첫 번째 불침번이 내 차례라는 이유로 먼저 자겠다며 방에 들어갔지만, 뜬눈으로 움직이는 천장을 바라보고 있었다. 낚시는 참 많은 일을 요구한다. 또 남자들은 낚시를 시작하면 날카롭고 시끄러워진다. 남자들은 이럴 때 서로에게 집중하는 것에 서툴다. 자꾸만 서로에게 소리를 지르기 십상이다. 하지만 더 이상 낚시를 미워하면 안 되겠다는 생각도 들었다. 방에 누워서 천장을 보고 있으면서 4개월 전(벌써 4개월이나 되었다니) 내가 처음 항해를 떠날 때 엄마가 했던 얘기가 들리는 것 같았다.

〈머릿속으로 여행을 떠나 버려.〉

엄마의 목소리가 힘이 되어 어둡고 축축한 내 마음에 밝은 꽃이 피는 기분이 들었다.

YOON도 낚시를 좋아하는데 실은 요리 재료를 구하기 위해서고, 요리를 하는 이유는 같이 지내는 크루들에게 즐거움을 주고 싶어서이다. 맥주 하나를 마시더라도 다 함께 더 맛있는 안주랑 먹고 싶어서 그런다는 것을 알 수 있다. 그런 생각을 하며 낚시를 아름답게 보기 위해 만화를 그렸다. 일종의 심리 치료라고나 할까.

나는 작은 모든 것을 기억할 것이다. 예컨대 오늘 아침 새로 온 UHM 이 꿈속에서 현실적으로 욕을 퍼부으며 잠꼬대를 한 사건도 말이다. 진심이 담긴 잠꼬대라 우리는 모두 잠시 하던 것을 멈추고 숨을 죽일 정도였다! 아침 인사로 〈꿈속에서 누구랑 싸우셨어요?〉라고 물었더니 잠꼬대를 버릇처럼 하는 모양인지, 허허 멋쩍게 웃으면서 좋은 아침이라고 대답했다. 우리가 상어를 잡았을 때 상어 이빨을 가지고 돌아갈 기대에 부풀었지만, 몸집에 비해 상어의 이빨이 너무 작아서 실망했던 것도 기억할 것이다.

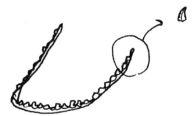

한국을 가기 전 거쳐야 하는 일본까지 이제 92마일밖에 남지 않았다. 공기는 습하다. 콕핏 위의 쿠션들은 항시 젖어 있다. 일기장의 종이도 젖어서 흐물흐물하다. 습도가 나무가 가진 본래의 곧은 힘을 모두 앗아 갔다.

젖은 표면 위에 하루 종일 앉아 있는 것은 꽤 불쾌한 일이다. 아니, 어딜 앉으나 사방이 젖어 있다는 것은 불쾌하다. 습기에서 도망칠 수가 없다! 이제서야 육지가 너무나 그립다. 마른 땅이 보고 싶다! 생각해 보니 저번에 꿨던 그 징그러운 흙을 먹는 꿈은 마른땅이 그리워서일지도 모르겠다.

지금 우리 배는 엄청난 높이의 파도 사이를 가로지르고 있다. 파도가 3미터 정도인데, 족히 집 한 층 높이는 되는 듯하다. 바람은 28노트대로 달리고 있다. 파도가 거센데, 바다는 우리가 자기 안에 있음에도 무신경한 것 같다. 산 같은 파도를 산 같은 또 다른 파도가 뒤따른다. 시원하다. 이렇게까지 상하 수직으로 움직였던 적은 태어나서 없는 것 같다. 날고 있는 기분이다!

한여름인데도 바다는 혼자서 겨울을 맞이한 것처럼 무자비한 얼굴을 드러내고 있다. 짜증 섞인 바람 소리가 머릿속에 섬뜩한 기운을 불어넣는다.

또 이상한 꿈을 꾸었다. 엄마, 나, 지민이랑 이모는 공원을 걷고 있었다. 꿈에서 엄마에게 고개를 돌려 말했다.

「이 모든 게 너무 낯이 익어.」

공원을 둘러싼 잔잔한 겨울 호수, 그 위를 덮는 안개, 오래된 집들, 그 주변에 심긴 거대한 나무들의 모습이 익숙했다. 우리는 조금 더 걸었고, 어떤 예술 작품을 파는 상인의 집으로 들어갔다. 벽에는 보라색 실크가 걸려 있었고, 그 위에는 큰 금색 프레임이 있었다. 그 안에는 수가 놓인 천이 있었는데, 액자 뒤의 보라색 실크와 이어져 액자가 공중 위에 떠 있는 것만 같았다. 정말 아름다운 기획이었다. 작품 자체보다 이 작품을 걸어 놓은 상인의 취향에 감탄했다. 그러고는 꿈에서 깨어났는데, 암실 같은 아라파니의 방 속 짜디짠 공기 안에 있는 내가 낯설었다. 꿈속의 감명은 달콤하게 기억 속을 맴돌았다.

이 세상에는 두 가지 아름다움이 있다. 세상이 잠에서 깨는 모습처럼 자연이 만들어 내는 의도 없는 아름다움이 있는가 하면, 인간이 의식적으로 섬세하고 심미적인 것들을 기획하고 조합하여 창조해 내는 예술이라는 아름다움이 있다. 인위적이지만 인간이라는 존재가 그렇게 추악하기만 한 것은 아니라고 위로하는 그런 아름다움이 지금은 그립다.

나를 지켜 준 보름달

아라파니

⛵

8월 12일

아침에 어마어마한 어선 하나가 우리 옆을 지났다. 어찌나 길던지 그 길이가 품은 자유가 탐났다. 지금 뛰어다니는 상상을 하고 있는데, 순간적으로 마라톤 선수들이 느낄 심장의 위아래를 쓸어내리는 듯한 도취감을 느꼈다. 딱딱한 지면 위에 내 두 발을 세게 딛고 싶다. 또 움직임 때문에 나오는 땀이 그립다. 지금은 온도 때문에 몸이 반응할 뿐이다. 신발을 신는 것도 그립다.

우리는 지금 어떤 섬을 지나고 있다. 꼭 뚱뚱한 아지씨가 누워 있는 것 같다. 모든 섬은 사람의 모습을 띠는지도 모르겠다. 이제 불침번이 몇 번 남지 않아 잠에 들지 않은 채 열심히 하고 있다. 꽉 찬 달은 정말 아름답다. 너무 커서 손으로 만질 수 있을 것만 같았다. 도시에서 보던 달은 외로워 보였는데, 태평양 한가운데의 달은 살아 있다. 그동안 달이 없을 때는 바로 앞의 내 손조차도 보이지 않았는데, 이제는 보름달이 환해 잠이 오질 않는다. 달빛이 밤바다에 은은하게 반사되었고, 그 빛이 요트에까지 닿고 있다. 나한테 말을 거는 것 같은데, 도통 무슨 이야기를 하려는지 알 수 없다. 말이 날뛰고 푸드드 소리를 낼 때는 배가 고픈지 뛰고 싶은지 알 수 있지만, 가만히 있으면 무슨 말을 하려는지 알 수 없다. 날뛰다가 갑자기 멈춰서 지긋이 나를 바라보는 말의 눈동자처럼 달은 그저 조용히, 하지만 격렬히 태평양에 빛을 비추고 있다. 왠지 오늘은 그 위를 걸을 수 있을 것만 같다. 아이스 링크처럼 단단해 보인다.

답은 질문에 존재한다

아라파니, 나가사키, 부산

⛵

나가사키항에서 출발해서 대한민국 부산항을 향해 가고 있다. 도저히 믿기지 않는 과정에 놓여 있다. 모두가 붕 뜬 풍선처럼 몽롱하다. 대한민국에 도착했을 때의 환희를 상상하고 있는지, 아니면 지쳐서 그 어떤 힘도 남지 않은 것인지 아무 말이 없다. 선상이 처음으로 조용하다.

5개월 동안 내면의 태풍이 쓸고 가 지친 내 마음을 달래면서 초점 없이 바다를 바라보았다. 더 이상 새로운 것이 없었고, 새로운 것을 발견하려고 애쓰지도 않았다. 그런 복잡함이 가득한 차분함 속에서 그동안 무엇을 얻었을까 되돌아보았다. 용기? 강인함? 침착성? 아무리 생각해 보아도 육지에 도착하고 며칠 후면 다시 원점으로 나를 돌이켜 놓을 것들뿐이었다. 그러다가 문득 깨달았다. 이번 항해를 통해 얻은 보물은 내 손 안의 이 일기이다. 시간이 지나고도 변하지 않을 것은 내가 경험한 것을 담은 너덜너덜한 일기장, 이것뿐이었다. 배에 오르내린 사람들과 똑같은 바다 위에서 같은 돌고래와 달을 보았지만 이 안에는 모두와 확연히 다른 나만의 시간들이 반짝반짝 빛난다. 결국 보물을 찾아서 태평양을 나섰지만 내내 내 안에 품고 있었다.

처음으로 떠오른 바다에 대한 기억은 바람이 아주 많이 부는 유럽의 한 해변이었다. 당시 프랑스에 살던 우리 가족을 보러 한국에서 이모네 가족이 놀러 왔다. 그때 찍은 비디오는 움직이는 나의 어린 시절을 유일하게 담고 있었다. 내 단발머리는 거센 바닷바람에 사방으로 날려 시선을 가렸지만, 개의치 않고 집중하여 모래성을 만들었다. 여배우처럼 우아하고 젊은 엄마는 예쁜 리본이 묶인 밀짚모자를 한 손으로 잡고 다른 손으로는 내 머리를 넘겨 주었다. 엄마의 늘씬한 다리 사이에 지민이가 공갈 젖꼭지를 물고 나를 보고 있었다. 젊고 허리가 곧은 듬직한 아빠는 컵보다 조금 큰 버킷에 바닷물을 담아 내게 날라 주느라 화면에 나타났다 사라졌다를 반복했다. 바람 소리에 대화 내용은 들리지 않았지만, 행복했던 이 장면은 언제나 내 기억 속에 되풀이되어 자연스럽게 내 일부가 되었다.

그다음 떠오르는 바다에 대한 기억은 내 인생의 시간을 훌쩍 뛰어넘어 성인이 된 후 엉뚱한 흰머리 할아버지를 만나고부터였다.

모험의 첫 기억을 찾아서

~

덴마크 코르쇠르에서 Mr. C와의 날들

천국만큼이나 안전하고 고요한 덴마크의 시골에서 끔찍한 사건이
일어났다. 마을에 도착했을 때 나는 카메라 두 대와 무거운 필름들
을 어깨에 짊어지고 있었다. 선물용으로 산 무식하리만치 큰 전통
한과 박스도 함께였다. 짐을 내려놓자마자 나는 그 사건에 관해 듣
게 되었다.

새벽 네 시쯤이었다고 한다. 17세 소녀는 친구들과 파티에 다
녀오는 길이었다. 덴마크는 16세부터 술을 마시는 게 합법이라서
고등학생들끼리 술을 마시며 노는 것이 자연스러운 일이다. 소녀
는 아마도 술기운에 알딸딸한 상태였을 것이다. 코르쇠르 기차역
에 도착한 후 다른 친구들처럼 택시를 타지 않고 집까지 걸어서 가

겠다고 했단다. 그 이후로 카드를 쓴 내역도, 전화를 건 내역도 없이 하룻밤 사이에 소녀는 사라졌다.

코르쇠르에서 그런 일은 처음이라고 한다. 그곳 사람들은 서로 인사를 하지 않더라도 모두 얼굴을 알고 있기 때문이다. 이름을 모르더라도 〈맨날 씻지도 않고 개를 끌고 나오는 정신 나간 노인네〉라던지, 〈벼룩시장에서 정말 맛있는 블루베리 파이를 만드는 아줌마〉 같은 긴 수식으로 서로를 알아보고 있다. 그렇기 때문에 집을 오래 비우거나 간혹 정신이 없어 문을 열어 놓고 외출하더라도 도둑이 드는 일이 없고, 경찰이 와야 할 만큼 큰일도 드물다고 한다. 코르쇠르에 거의 노인뿐이라는 것도 오래도록 평화가 유지되어 온 사실에 기여하는지도 모른다. 정확한 수치는 모르지만 코르쇠르에는 정말 노인이 많다. 기차역에 내리자마자 어디를 보아도 하얀 백발의 등 굽은 할머니와 할아버지들뿐이었다. 동네 카페를 가도 슈퍼마켓을 가도 지켜보고 있으면 답답할 정도로 느긋하게 걷는 노인들뿐이었고 계단의 보폭이나 손잡이 위치 등 마을의 모든 요소가 그들을 염두에 두고 만든 느낌이다.

코르쇠르 기차역에서 오랜만에 재회한 Mr. C는 다른 노인들과는 달랐다. 특유의 유별남이 가만히 있어도 뿜어져 나온달까. 백발의 할아버진데 등이 굽기는커녕 곧게 펴져 있었고 두 다리를 쫙 벌린 채 한 손은 골반에 얹고 한 손은 초콜릿으로 코팅된 바닐라 아이스크림을 들고 있었다.

　　그는 항상 자신을 Mr. C라고 소개했다. 본래 이름은 밥 카리 냥Bob Carignan인데(그는 미국인이었지만, 성은 프랑스식으로 카리 냥이라고 읽어야 했다. 반의 반은 미국 인디언의 피가 흘렀으며 또 동시에 가족 누군가는 폴란드 집안이었기에 그야말로 어떤 사람을 만나든 자신과의 공통점을 발견하는 사람이었다) 발음하기 어렵 다며 Mr. C라고 부르게 했다. 코펜하겐 시내에 있었던 우리 고등 학교에서는 소문난 괴짜 선생님이었다. 복도를 지나가다가 갑자 기 소리를 지른다거나, 학생들이 떠들고 있으면 엿듣고 있다가 참 견을 해 모두 조금은 꺼리는 할아버지이자 미술 교사였다. 하지만 Mr. C의 미술 수업을 듣는 여섯 학생 모두는 그를 너무도 좋아했 다. 학교에 강력하게 건의를 해 햇빛이 가장 잘 드는 방을 미술실로 정했고, 교장 선생님과 몇 시간의 사투를 벌인 끝에 미술 재료를 얼 마든지 쓸 수 있도록 예산을 받아 내기도 했다.

　　내가 사진을 시작하고 얼마 안 되어 아프리카를 가기 전, 갑자 기 Mr. C를 만나야 한다는 생각이 들었다. 오랜만에 고등학교 때 처럼 미술 수업이 듣고 싶어 그에게 이메일로 구구절절 내 최근 관 심사와 새로 탄생한 사진에 대한 열정에 대해 이야기하며 만나러 가도 되는지 물었다. 역마살 가득한 내게 이제껏 여러 어른이 조금 이라도 제대로 된 이성을 심어 주기 위해 고삐를 마구 당겼지만, 그

들의 모든 노력과 수고를 단 한 번에 무의미하게 만든 것은 Mr. C
의 아래와 같은 간단한 답변이었다.

〈칫솔 한 개만 챙겨 오렴. 우리의 이번 모험도 기대되는구나.〉

오랜만에 만난 내게 Mr. C는 아이스크림을 야무지게 핥으면
서 첫마디를 내뱉었다.

「왜? 너도 한입 먹고 싶니?」

내 얼굴로 들이미는 아이스크림을 보며 〈노 땡큐〉라고 말하며
혀를 내밀고 구역질하는 시늉을 했다. 그러고는 꽤나 오랜 시간 동
안 물끄러미 서로를 쳐다보았다. 눈과 입가에 언제 터질지 모르는
웃음을 담은 채 정적이 흘렀고, 우리는 동시에 포옹했다. 잘 지냈
니, 비행기 안에서는 편하게 왔니, 같은 말 대신에 요 며칠 동안 코
르쇠르에서 무슨 일이 있었는지 아니, 라고 말하며 Mr. C는 차로
나를 안내했다. 한과와 카메라 가방은 내가, 나머지 짐 가방은 Mr.
C가 들고 우리는 기차역을 나섰다. 걸음걸이도 눈빛도 다른 내가
그곳의 침착하고 조용한 기류를 살짝 건드린 듯, 어디서든 노인들
의 시선이 느껴졌다. 몇 남지 않은 젊은 피가 이유 없이 사라진 코
르쇠르의 어느 여름날에 내가 나타난 것이다.

Mr. C의 집은 2층짜리였다. 초록, 노랑, 파랑, 빨강의 스테인
드글라스가 꽃무늬로 박힌 현관문을 여니 위에서 땡땡 하고 종소
리가 났다. 문 안쪽에는 가죽으로 된 부츠 몇 개가 놓여 있었고, 오

른쪽 벽에는 카우보이모자 여러 개가 겹겹이 걸려 있었다. 손님 방
도 따로 있었는데 작동이 되지 않는 구형 TV와 거대한 벽 거울, 푹
신푹신한 침대가 있었다. 침대 한가운데에 Mr. C가 놓아 둔 꽃다
발이 있었다. 정원에서 꺾어서 실로 묶어 놓은 것 같았는데, 이렇게
조용하고 따뜻한 환영은 처음이었다.

　식사를 하고 위층 Mr. C의 방으로 올라갔다. 계단엔 천장에서
부터 연결된 두꺼운 밧줄이 있었다. 뭐냐고 물었더니 배에서 쓰는
줄인데, 계단을 오를 때 잡아 무릎에 무리가 덜 가게 하는 본인의
〈발명품〉이라고 했다. 그러고 보면 Mr. C는 유리병 입구에도 세일
링 매듭이라고 줄을 꼬아서 손잡이로 썼다. 옛날에 잠깐 본인이 해

군이었었다는 이야기를 했던 것 같기도 하고……

위층은 넓은 다락인데 칸막이가 없는 큰 공간이었다. 천장과 바닥의 나무는 시원한 하얀색 계열이었고, 곳곳에 환하게 빛이 들어오는 창이 많아 옥상에 있는 기분이었다. 넓은 창을 열고 발코니에 앉아 높은 나무들과 잘 가꾸어진 정원, 덴마크식 오렌지색 지붕들 너머의 바다를 보며 와인을 마셨다. 둘 다 잠시 각자의 생각에 빠져 있었는데 Mr. C가 갑자기 입을 열었다.

「처음 이 집을 샀을 때, 귀신에 씌여 있었다는 걸 내가 말했던가?」

Mr. C는 항상 그렇게 질문과 대답을 동시에 하곤 했다. 그가 사람들에게 이야기를 꺼내는 방식이었다.

「아하, 그래요? 어떤 귀신인데요?」

이야기가 길어질 것을 알아채고는 다리를 쭉 뻗고 의자에 더 깊이 앉으면서 물었다.

「1954년부터 이 집은 미완성이었어. 신혼부부가 집을 샀는데, 남편이 집을 직접 고친다고 하고는 몇 년을 지붕도 없는 채로 방치해 두었지. 그래서 비가 오면 비가 오는 대로, 눈이 오면 눈이 오는 대로 지냈대. 부인이 얼마나 화가 났을지 상상이 되니? 불쌍하게도 자다가 쫄딱 젖은 날이 얼마나 많았겠니. 물벼락을 맞으며 잠에서 깨는 것만큼 불쾌하고 황당한 일은 없단다. 아, 물론 세일러라면 또 다른 이야기지만 말이야. 내가 세일링을 했을 때의 이야기를 했니? 아, 그건 집 이야기를 하고 나서 말해 줄게. 하여튼 난 그걸 모른 채 이 집을 계약했지. 나도 새로 설계할 생각이었어. 그래서 더더욱 그 미완성 상태가 마음에 들었거든. 지금은 상상하기 어렵겠지만, 아니지, 너는 상상력이 풍부하니까 한번 해보렴. 이 집은 정말 허름했어. 몰골이 말이 아니었지. 지붕은 없었고 계단도 완성되지 않았고, 정원은 정글이었어. 부동산 직원은 집을 팔기 위해서 이 집에 대한 이런저런 이야기를 잔뜩 준비해 왔을 텐데, 내가 바로 계약을 해버리니까 당황했을 거야. 하지만 SOO, 너는 알아야 해. 예술가는 확고한 직감 앞에서 망설이면 안 된다. 인생은 도박이지. 카지노는 마약쟁이들이나 가는 곳이지만, 예술가의 도박은 신념이야(이쯤 되니 무슨 얘긴지 잘 모르겠지만 고개를 끄덕끄덕하며, 그래서 도대체 귀신 이야기는 언제쯤 나올지 궁금해하고 있었다)! 하여튼 그래서 계약을 하고 그다음 날부터 공사를 시작했어. 집을 보자마자 이 집을 어떻게 꾸밀지 이미 알고 있었지. 여기에 모든 계획이 담겨 있었어(깔끔하게 빗질해 뒤로 넘긴 자신의 흰머리를 가리켰다). 너도 언젠간 네 손으로 집을 지어 볼 수 있길 바란다. 기나긴 시간이었지. 하지만 참 가치 있는 일이야. 처음엔 모두가 미치광이 취급을 할 거야. 왜 사서 고생을 하느냐고 하겠지. 하지만 그렇게 너를 바라보던 사람들이 하나둘 너를 도와 벽돌을 깔고 페인트칠을 하고 벽에 창문을 끼워 줄 거야. 너가 연락을 하지 않아도 아침에 시간을 맞춰 나타날 거야. 미친 짓이라도 내 사람을 위해서 함께 미칠 수 있는 게 우정이고 사랑이야. 인간애라는 게 그렇게 거창한 건 아니란 말이지. 그런데 문제는 말이지, 집을 짓는 것은 즐겁고 쉬운데, 귀신이 낀다면 참 까다로워진다. 자꾸만 꿈자리를 방해하거든. 그래서 그다음 날 작업에도 지장을 주지.」

「그러니까 어떤 귀신이었는데요?」

「너도 잘 알겠지만, 나는 신은 믿지 않아. 하지만 영혼은 믿지. 한동안 1954년에 이 집에서 살았던 그 새댁의 영혼과 동거를 하게 되었어. 죽기 전에 남편이 이 집을 완성하지 못해서 한이 맺혔나 봐. 매일 밤 나를 찾아와서 못살게 굴었어.」

「어떻게요?」

저녁노을이 빠르게 수평선 밑으로 사라져 주변이 어두워지자 등골이 오싹해졌다. 진정한 이야기꾼은 이렇게 이야기를 하는 타이밍도 기가 막혔다.

「차라리 내 머리 위에서 약올린다거나, 시끄러운 소리를 내면 맞장구라도 칠 텐데, 그저 한쪽 구석에서 계속해서 슬피 울더라고. 아름다운 여인을 울리는 것만큼 사내 대장부가 해서는 안 되는 일이 또 어디 있겠니. 매일 밤 죄책감에 시달리며 잠자리에 들었단다. 하지만 아까도 말했지만 예술가는 확고한 직감 앞에서 망설이면 안 되지. 내 마음과 머릿속에 그린 꿈의 집을 만들기에 오직 전념했다. 그래서 사흘째 귀신, 아니 영혼이 보이던 날부터는 등을 돌렸어. 여러 사람의 도움을 받고 지붕도 올리고, 지금 우리가 앉은 이 발코니도 만들고 닦고 칠하고 붙이고 못질하고 갈아 내고 뚝딱뚝딱 했지. 몇 개월이 걸렸는지 기억나지는 않는데, 생각보다는 빨리했어. 그렇게 지붕까지 얹고 나면, 너는 태어나 처음으로 너를 품어 주는 존재를 창조한 거야. 엄마의 자궁도 사랑하는 사람의 품도 아닌 너의 창작물이 너를 품어 주는 거지. 매일매일 저녁 잠이 얼마나 달콤한지 아니! 불을 끄고 침대에 누워 위를 쳐다보면 밤의 어둠 속에서도 천장이 훤히 보이지. 마음의 눈과 손의 촉감을 볼 수 있는 시력이라는 게 존재한단다.」

Mr. C의 말을 들으며 그가 직접 만든 발코니에 앉아 와인을 마시며 뒤돌아 지붕을 쳐다보았는데, 어딘가 모르게 울퉁불퉁하고 색이 바랜 지붕이 그와 닮았다. 그러다 문득 든 생각!

「아니, 그래서 그 귀신은 어떻게 됐어요? 설마 요즘도 보이는 건 아니죠?」

「아, 그 이야기를 하고 있었지. 하여튼 그런 창조자가 된 뿌듯한 마음으로 첫날 밤 잠에 들려는데, 한쪽 구석에서 그 귀신이 나타나서 배시시 웃고 방을 한번 휙 둘러보더니 사라지더구나. 그 후로는 아주 가끔씩 말고는 본 적이 없어!」

그는 남은 와인을 꿀꺽 삼키더니 입맛을 다시고 헤벌쭉 웃으며 나를 쳐다보았다. Mr. C의 이야기는 항상 이상한 질문으로 시작해서 해맑은 웃음으로 끝났다.

Mr. C를 만나기 전까지는 〈모험〉이라는 뜻을 잘 이해하지 못했다. 내 삶에 필요한 단어가 아니었고, 일상에서 쉽게 접하는 뜻이 아니라서 깊게 고민해 볼 기회가 없었다. Mr. C는 처음으로 내 주변에서 〈모험〉이라는 단어를 생각해 보게 한 존재였다.

어디까지가 진실이고 거짓인지 모르겠지만 Mr. C는 항상 젊었을 때의 재미난 이야기들을 해주었다. 올림픽에서 사진 기자 일을 했을 때, 소방관으로 일했을 때, 오토바이를 타고 폭주족들과 여

행을 했을 때, 고래를 잡아 쓰러뜨렸을 때, 해군이었을 때 등을 듣고 있자면 도대체가 한 사람의 인생에 담길 만한 이야기가 아니라고 생각했다. 자서전을 쓰고 싶다고 늘 말했는데(이야기를 마치고는 늘 허리춤에 길고 앙상한 팔을 올리고는 〈나 정말 책 내야 될 것 같지 않니?〉라고 말했다. 또다시 질문과 대답이 동시에 든 형태로!), 아마도 백과사전 분량이 나올 것 같다. 믿거나 말거나 한 이야기들이지만, 부풀리면 부풀렸지 아예 없었던 일을 지어내진 않았을 것이다. 예컨대 소방서에서 자원봉사를 했던 적이 있었고, 고래는 아니지만 상어를 주먹으로 때렸을 것이다. 이야기를 들을 때마다 매번 달라지는 구성이라 진실은 늘 미궁 속에 빠져 버린다.

정확한 사실이야 어떠하든 하물며 위인전도 영웅화된 일반인의 왜곡된 이야기일진데 굳이 따질 필요는 없었다. 확실한 것은 매우 바쁘다는 것이다. 모험가는 이런저런 새로운 모험을 끊임없이 궁금해하고, 머릿속으로 이러쿵저러쿵 따지기 전에 단순히 몸으로 행동하고 보기 때문이다.

실제로 Mr. C는 말보다 행동이 빨랐고 그래서 문제가 생겨도 빨리 해결해 버렸다. 고등학교 때 화가를 꿈꾸던 우리 젊은 예술가들은 매일매일 새로운 난관에 부딪혔다. 거즈 재질이 철에 잘 붙지 않아 조각이 흘러내린다던지, 섞은 물감의 색이 너무 탁하다던지 말이다. 우리가 시무룩해 있으면 Mr. C는 요란스럽게 이젤 뒤에 서서 이렇게 말하곤 했다(평균 사람보다 더 높이 있는 엉덩이를 씰룩거리면서).

「그래서 오늘은 도대체 뭐가 문제니? 그렇게 찡그리다가는 눈썹이 하나로 붙을 것 같은데.」

Mr. C는 마치 마녀가 주문을 걸듯 〈이건 이렇게 해서 이렇게 한 다음에 이렇게 하고 이렇게 해주면〉이라고 말하면서 짠 하고는 문제를 해결했다. 그의 손을 거치면 더 이상 맞지 않는 구도도, 어울리지 않는 색 조합도, 붙지 않는 재료도 없었다.

Mr. C가 진정한 모험가라는 사실은 그가 다른 동료 모험가들에게 친절하다는 것에서도 알 수 있었다. 코르쉬르에서 우리는 산

책을 자주 다녔는데, 어느 날은 여름 방학이라 할아버지네로 놀러 온 동네 꼬맹이 네 명이 수영복을 입고 바리바리 무언가를 들고 맞은편에서 걸어오고 있었다.

「어이 악당들, 어디 가니?」

껄렁껄렁하게 두 손을 주머니에 찔러 넣고는 까마귀처럼 꺼억 울리는 소리로 물었다.

「바다에 게를 잡으러 가요. 게가 살라미 햄을 먹는지 실험해 볼 거예요.」

무리 중 대장이 우렁차게 말했다.

「오, 그거 멋지구나! 게가 잡히면 꼭 말해 주렴. 나도 궁금하구나.」

바다 생물인 게가 육지의 돼지를 잘게 간 살라미를 먹는다는 그 엉뚱한 실험과 모험에도 그는 진심으로 찬사를 보낼 줄 아는 사람이었다.

Mr. C는 모험의 가치를 따지는 유치한 모험가가 아니었다. 그는 진정으로 사람들의 새로운 시도와 용기를 응원했다. 모험의 결과가 아무리 거창하더라도 그 시작은 단순하다는 사실을 아주 잘 이해했다. 모험이란 거대한 발견을 동반하지만 시초는 허무할 정도로 일상적이다. 아이작 뉴턴이 중력을 발견한 것은 사과나무 아래에서 낮잠을 자던 중 머리에 떨어진 사과 때문이었다. 또 루이지

갈바니는 개구리를 해부하던 중 내부를 다 드러낸 개구리 다리가 움직이는 것을 보고 우리 몸에 전기가 흐른다는 것을 발견했다. 모험은 아주 작은 궁금증에서 파생한다. 작은 것을 질문하지 않는 사람이 어떻게 큰 것을 볼 수 있을까? Mr. C는 더더욱 남들의 기준에 따라 본인의 모험을 재단하지 않았다. 예컨대 그에게 〈세계 최초의〉, 〈유일한〉, 〈가장 높은〉, 〈단독의〉, 〈가장 장거리〉 등의 수식어는 중요치 않았다. 그래서인지 학부모들이나 다른 선생님(특히나 교장)들은 Mr. C를 본인의 세계 속에 갇혀 사는 사람이라며 시시하게 여겼다. 심지어 몇몇 학생들은 시골 미술 선생의 모험은 알고 보면 〈아무나 하는 것〉이라며 놀렸다. 나는 그런 말을 들으면 화가 치밀어 올랐지만, 본래 모험가의 길은 고독하다고 생각했다. 상상력이 없는 그들이 딱했다.

Mr. C는 일상에서 모험을 대하는 태도로 매일매일 예술과 만났다. 목수이기도 하고 전기공이기도 하면서 동시에 화학자기도 한 그에게는 한계란 없었다. 코르쇠르 집에 가서 그의 모든 작품을 보니 정말 한 사람의 작품 같지가 않았다. 입체 조각부터 흑백 사진, 수채화, 유화, 콜라주까지 정말 다양했는데, 그 모든 것을 하나로 연결하는 것은 Mr. C 특유의 유머와 세상에 대한 따뜻한 시선이었다. 그의 삶 자체가 화폭이었다. 하루는 그의 집에서 필름 현상을 했다. 철제 릴에 필름을 말려야 했는데 먼지가 없는 곳이 없어서 고

민하고 있었다. 그랬더니 그는 휘파람을 불며 내 손에서 릴을 빼앗더니 아무 말도 없이 실을 가져와 릴 구멍에 끼우고는 빙빙 돌렸다. 그랬더니 물방울이 사방으로 튀면서 코르쇠르의 따사로운 햇살을 반사시켜 작은 무지개를 만들었다. Mr. C는 정말이지 무엇 하나 평범하지 않은 나의 영원한 괴짜 대장님이었다.

그곳에서의 생활은 느리지만 사랑스럽게 흘러갔다. 밝지 않은 은은한 아침 햇살에 눈이 떠졌고, 맨발로 아침 이슬에 촉촉한 Mr. C의 작은 정원을 돌았다. 가운데에 벤치 하나가 있었고, 그것을 빙 둘러 두 바퀴 정도 돌면 잠이 깨는 데는 충분했다.

평평한 길 위의 작은 언덕처럼, 곤욕스러운 것이 하나 있었다. 음식에 까다로운 편은 아닌데도 Mr. C가 아침마다 해주는 그 정체 모를 형태 없는 이상한 죽은 혀에 데기도 싫은 맛이었다. 오트밀이라는데, 안에 온갖 베리를 섞어서 붉은색이 돌았다. 마치 꼬마 아이가 찰흙에 색연필을 갈아 넣고 물에 끓인 모양새였다. 2주 동안이나 신세를 지는 주제에 싫은 티는 못 내고 꾸역꾸역 먹어 왔지만 닷새 정도 지나고 나니 도저히 목구멍으로 넘어가질 않았다. 오늘 아침에도 오트밀을 먹어야 한다니, 차라리 오후까지 이불을 머리에 올려 쓰고 잠들고 싶다는 생각을 하고 있었는데, 문틈으로 부드러운 냄새가 들어오고 있었다. 버터, 밀가루, 설탕. 이것은 분명히 크루아상이었다! 할렐루야!

신이 나서 이불을 걷고 잠옷 차림으로 나가니 이빨이 한두 개 빠진 사람의 휘파람 소리를 내며 요리를 준비하는 Mr. C의 뒷모습이 보였다. 저녁에 비해 아침을 잘 먹지 않는 나를 위해 냉장고에 아껴 두었던 크루아상 반죽을 오븐에 굽고 있었다. 이게 얼마나 큰 일인지 모른다. Mr. C가 원래 엄청난 구두쇠라는 사실을 아는 사람이 얼마나 있으려나.

Mr. C는 모든 것에서 절약하는 것을 좋아했다. 남은 페인트를 튜브 안에 다시 넣거나 이미 굳어 버린 찰흙을 재활용하는 것에 달인이었다. 공짜로 무언가를 얻는 것 또한 기뻐했다. 내가 기차역에 도착한 첫날 우리는 차를 타고 집으로 가고 있었다. 갑자기 Mr. C가 방금 길가에서 모자가 떨어진 것을 보았다고 말했다. 자신은 매의 눈을 가졌다며 예전에 바다 밑에서 주웠던 여러 보물에 관한 이야기를 한참 이어 가더니 갑자기 안 되겠다며 차를 급하게 돌려 모자를 주우러 갔다. 길가에는 정말 허름한 모자가 하나 버려져 있었고 Mr. C는 훈장을 받은 어린이처럼 운전석에서 폴짝폴짝 뛸듯이 기뻐했다.

Mr. C는 사물의 소중함과 그것이 주는 기쁨을 찬미했고, 어떤 우연한 경로로 그의 인생에 들어온 사물들을 마치 친구처럼 여겼다. 그의 집 서랍과 책장에는 그렇게 길에서 만나거나 버려진 물건들로 가득했다. 따라서 지금처럼 Mr. C가 아껴 둔 크루아상 반죽을 굽는다던지, 고등학교 때 한참 그림이 풀리지 않아 우울해하자 동네 모퉁이에서 초콜릿 가루를 뿌린 거대한 바닐라 소프트아이스크림을 사준 사건들은 크게 기억에 남는 일이었다. Mr. C는 본인의 지식, 용기, 추억, 시간을 사람들에게 나누어 주는 것에 〈아낌없이 주는 나무〉보다 더 거리낌 없었다. 누군가에게 밥을 사주는 일은 쉽고, 원하는 물건을 선물하는 것에도 큰 힘이 들지 않는다. 하지만 누군가를 진정으로 믿는 것, 응원하는 것, 궁금해하는 것은 마음 깊숙한 곳에서부터 올라오는 애정이다. Mr. C의 거대한 심장은 매일매일 펌프질하며 그런 애정을 뿜어냈다. 오트밀이 아닌 이상, 언제나 Mr. C가 내미는 마음의 선물은 달갑게 받을 수 있을 것 같다.

코르쇠르에 도착하자마자 받았던 나의 첫인상이 틀리지 않다는 것은 날이 지날수록 확실해졌다. 이 마을은 거대한 실버타운이나 다름없었다. 종종 저녁 식사를 하러 Mr. C가 가장 좋아하는 레스토랑으로 가거나 카페를 갔는데, 모두 머리가 희끗한 노인들뿐이었다. 나이가 드는 것에도 여러 단계가 있다는 것을 깨달았다. 어떤 할머니는 머리가 희끗희끗한데도 무거운 짐을 들고도 허리를 꼿꼿하게 세워 걸어다니는 반면, 어떤 할아버지는 얼굴에 주름도 없고 흰 머리도 몇 가닥 있을 뿐이지만 거동이 불편했다. 어떤 할아버지는 매일매일 손으로 뚝딱뚝딱 무언가를 만드는 반면, 어떤 할머니는 하루 종일 침대에 누워서 창밖만 쳐다보았다. 나이와 상관 없이 활동량에 따라 그들은 새로운 생기와 젊음을 얻었다. Mr. C 는 코르쇠르에서 가장 젊은 피 중 하나였다.

코르쇠르 시에서 후원하는 예술가 단체가 있었는데, Mr. C는 몇 년째 회원으로 활동했다. 마침 내가 있는 동안 전시를 해서 갔는데, 수많은 할머니 할아버지의 소중한 작품들이 가지런히 걸려 있었다. 덴마크 특유의 무채색 톤으로 그려진 그림들, 반짝이는 실로 손뜨개를 한 쿠션 등 공예와 예술이 합쳐진 마을 전시였다. 그중 가장 마음에 들었던 작품은 코펜하겐 시내의 혼잡한 뇌레포트역 앞 자전거들을 그린 그림이었다. 작품들을 생각보다 비싸게 팔았기 때문에 내가 엄두를 내기는 어려웠다. Mr. C의 작품 중에서는 튤립 그림이 가장 마음에 들었다. 반들반들한 재질의 종이에 수채화로 그린 것이었는데, 색이 빠져서 아주 자연스럽고 수수한 튤립이 되었다. 공교롭게도 그날 코르쇠르 시에서 작가들에게 모두 튤립 한 송이씩을 선물했었는데, Mr. C는 받아서 바로 나에게 주었다. 전시가 끝나고 집에 돌아왔을 때 Mr. C는 아까 마음에 들어 했던 자전거 그림의 습작을 어떻게 구했는지 내 머리맡에 두었다. 내가 처음으로 주인이 된 예술가의 작품이다.

어느 날 아침 Mr. C는 평소보다 밤사이에 기운을 더 비축했는지, 문득 자전거를 가지고 동네를 구경하자고 말했다. 우리는 과일 몇 개와 투명한 유리병에 사과 주스를 담아 배낭을 멨다. 거구의

Mr. C의 자전거에 앉으니 꼭 말을 탄 것 같아 나는 이웃집 아저씨에게 자전거를 빌렸다. 마을을 빠져나와 바닷가 근처의 단골 식당도, 바닐라 아이스크림을 먹었던 주유소도 지나 지나 어느 들판에 도착했다.

주변에는 금빛 곡물들이 마치 파도처럼 바람결에 이리 흐르고 저리 흘렀다. 쏴쏴 하는 소리도 마치 바다 같았다. 가끔씩 머리를 들고 우리를 쳐다보는 소 몇 마리를 제외하면 온전히 둘뿐이었다. 양옆으로 넓게 펼쳐진 들판 저 멀리에는 몇 개의 지붕이 점처럼 보였다. 그 집에서도 우리를 느리게 흘러가는 점 두 개로 보겠지. 낑낑대며 페달을 밟아 조금 높은 동산을 오르니 금색 파도가 끊임없이 펼쳐져 있었다. 숨이 탁 트이면서 밀레가 갈색과 금색을 왜 선택했는지 이해할 수 있었다.

키가 큰 나무가 보이면 앞서 가던 Mr. C가 잠시 서보라고 손짓했고, 우리는 그늘 아래서 간식을 먹으면서 들판의 냄새를 맡고 바람 소리를 들으면서 땀을 식혔다.

더 가면 아름다운 성당이 있다며 Mr. C는 갑자기 일어섰다. 한참을 가니 언덕 위에 성당 지붕 꼭지가 보였다. 성당 앞에는 꽃 무덤이 있었다. 꽃 무덤에 대해 설명을 하자면 말 그대로 꽃이 무덤 위에 겹겹이 핀 무덤이었다. 사실 꽃이 죽음을 애도하는 건지 아니면 생명의 아름다움을 축복하는 것인지 헷갈릴 정도로 꽃이 무덤

을 압도하고 있었는데, 아직도 싱그럽고 향기가 나는 걸 보니 생긴 지 얼마 되지 않은 것 같았다. 성당 종이 울렸고, 기분 좋은 바람이 머리카락을 스쳐 지나갔다. 내가 여태까지 목격한 가장 아름답고 평온한 죽음이어서, 나도 언젠가 〈죽음〉을 맞이한다면 꽃 무덤 속에서 눈을 감으면 좋겠다고 생각했다. 정말로 죽음에 대해 여러모로 생각하게 만드는 노인들의 마을이었다.

집으로 돌아가는 길이었다. 들판에 우주복 같은 것을 입고서는 이상한 막대기 같은 기계로 사방을 찌르는 사람들이 보였다. 우주복에는 경찰이라고 쓰여 있었는데, 얼마 전 사라진 소녀를 되찾기 위한 수색이었다.

Mr. C와 보통 70대 노인과의 유일한 공통점이 딱 한 가지 있었다. 그것은 본인 건강에 대해서 매우 관심이 많다는 것이다. Mr. C의 안부 인사는 항상 자신의 가장 최근 병력을 이야기하는 것으로 시작해 그것이 어떻게 호전되는지, 어떤 약을 처방받았는지 그리고 지금은 어디가 어떻게 덜 아픈지로 끝맺었다. Mr. C는 생각보다 자주 과격하게 다쳤다. 젊었을 때 목수 일을 하다가 눈에 나뭇조각이 들어가서 한쪽 눈 동공의 반은 초록색이고 반은 회색이다. 평소에는 개구쟁이처럼 웃고 있어서 알 수가 없었지만, 가끔 심각한 표정으로 걱정하거나 화를 낼 때는 확연하게 돋보였다. 언젠가는 계단에서 내려오다가 팔에 금이 간 적도 있었다. 하여튼 역시나

활동량과 다치거나 아플 확률은 비례하는 것 같았다.

내가 있는 동안에 Mr. C는 매주 가는 병원의 진료 시간에 나를 데리고 갔다. 가는 길에 빵집에 들러 아주 단 데니시 페이스트리를 사들고 말이다. 병원에 도착했을 때도 Mr. C는 빵을 다 먹지 못하고 들고 있었는데 진료를 보러 들어갈 때 길에서 주웠던 모자를 벗어 의자에 내려놓더니 그 위에 빵을 얹어 두고 들어갔다. 피 검사를 했는데 다행히 아무 문제가 없었다면서, 간 김에 어제 탁자에 부딪혀서 피가 난 무릎에 의사가 반창고를 붙여 줬다고 (본인의 부탁이었겠지만) 자랑했다. 언제까지나 젊게 살 수는 없지만 사람이 늙는 모습은 마치 조금씩 이 세상에서 사라지는 것처럼 보여서 서글펐다.

노인 마을에서 지내는 일은 아직은 어린 나에게 조금씩 어두움을 드리웠다. 처음에는 도시와는 다른 차분함과, 여유 있는 사람들의 표정에 마음이 녹았지만, 이제는 어디를 가도 느린 걸음과 적막을 깨는 듯한 기침 소리 그리고 금방 투명해질 것 같은 뒷모습의 얇은 어깨선이 슬펐다. 그 사이에서 나는 도드라졌고, 눈에 띄었고, 외로웠다.

점점 나의 손이 달라지는 것을 느꼈다. 관절이 더 도드라졌고 (다시 오트밀 식단으로 돌아와서인지도 모르겠다) 그리고 마치 쥐가 난 것처럼 손이 둔탁하게 움직이는 것 같았다. 물건을 집을 때

손가락이 굽어지지 않아서 손끝에만 힘을 주게 되었고, 그래서 물건을 잘 떨어뜨렸다. 노인 마을에서 나는 점점 노인이 되어 가고 있었다.

Mr. C의 집에서 5분 거리에는 이 세상에서 가장 멋진 공간이 하나 있다. 집에서 나와 왼쪽으로 집 다섯 채를 지나면 아주 조그만 문이 덩굴 속에 숨어 있는데, 안으로 들어가면 반듯한 나무가 양옆으로 난 오솔길이 있었다. 작은 숲을 걷는 듯한 기분으로 지나가면 맨 끝에 밝다 못해 하얀빛이 나는 구멍이 보였고, 가까이 다가가면 그 정체가 드러났다. 구멍 안에는 말도 안 되게 드넓은 바다와 투명하다 못해 깨질 것처럼 맑은 하늘이 만나는 파란 수평선, 힘 있고 싱싱한 잔디와 한가해 보이는 나무 벤치가 있었다. 너무 이쁜 풍경이라 마음이 아프고, 더 가까이 다가가면 신기루처럼 사라져 버릴 것 같아서 조심스러울 정도였다.

저녁 식사를 하고 혼자서 이곳 벤치에 앉아서 노을이 지는 것을 바라보았다. 기간을 정해 두고 온 것은 아니었지만, 예상했던 것보다는 빨리 내 마음이 붕 떠버렸다. 한번 정하고 나니 안절부절못했고, 그나마 마음을 누르기 위해 매일 이 저녁 바다를 바라보았다.

누구의 탓도 아니었다. 코르쉐르에 젊은 사람이 없어서도 아니었고, 그곳의 자연이 나를 충분히 감동시키지 못해서도 아니었다. Mr. C는 그 어느 때보다 친절했으며, 만났던 사람들은 모두 좋왔다. 하지만 갑자기 나를 다시 찾아온 외로움은 내가 애초에 본질적인 문제를 해결하지 않고 Mr. C에게 왔기 때문에 필연적이고 불가피한 것이었다. 이때도 일시적으로 보기 싫은 사람들과 듣기 싫은 이야기들로부터 도망치니 숨통이 트이는 듯했지만, 결국엔 다시 돌아가야만 했다. 내가 있을 곳은 이곳이 아니었다. 아무리 촛농이 녹아 초가 타더라도 심지가 단단해야 끝까지 살아남아 불을 밝힐 수 있는 것처럼, 어떠한 것에도 흔들리지 않기 위해선 더 굵은 심지가 되어야 했다. 코르쇠르의 수평선을 바라보며 다음 날 아침 코펜하겐 시내로 돌아가겠다고 Mr. C에게 말하기로 결심했다.

언젠가는 수평선 끝이 닿는 곳까지 가보고 싶다는 생각을 했다. 〈죽기 전에 다시 이곳에 올 일이 있을까?〉 바닷가 풍경을 마음에 담으며 생각했다. 몇 년 뒤에 그보다도 훨씬 넓은 수평선을 보게 될 것은 꿈에도 꾸지 못한 채로 말이다.

마치며

~~~

파나마, 태평양, 코르쇠르

지난 5개월 내내 바다를 본 기분이 들지 않는다. 배 위에서 우리는 너 나 할 것 없이 서로에게 무례했고 궁핍하게 굴며 매일 눈앞에서 거대한 자연을 놓쳤다. 작은 것에 목숨 걸며 서로를 미워하고 탓하며 도시를 그리워했다.

　　파나마에 도착한 지 닷새째, 파나마 운하를 건너기 위해서는 한 달이나 기다려야 한다는 직원의 통보를 받았다. 그래도 그렇지 한 달이라니, 말도 안 되는 일이었다. 심지어 마리나에 우리보다 늦게 도착한 요트 한 대가 들어온 지 일주일 만에 나가게 되었다는 사실을 듣고 나도 나섰다. 운하 직원들이 아마도 돈을 원하는 것일지도 모른다고, 그러니 생각하는 액수가 어느 정도인지 다들 알아보라고 했다. 어떻게 하면 상대나 나나 자존심 상하지 않으면서 자연스럽게 말할 수 있을지 여러 시나리오와 목소리 톤을 머릿속에 꾸미면서 통화 연결음을 들었다. 콕핏에 있던 모두의 눈이 내게로 꽂혀 있었다.

「알로?」

수화기에서 남자의 목소리가 들렸다. 남자는 바로 한숨을 쉬며 지친 듯이 자신도 최선을 다하고 있으며 자기가 줄 수 있는 가장 빠른 날짜는 한 달 뒤뿐이라고 한탄을 연발했다. 남자의 목소리에는 난처함과 고단함이 잔뜩 묻어났고, 그래서 나는 얼마가 필요한 거냐고 물으려던 계획을 수정했다.

「에릭! 에릭! 정말 고마워요. 당신이 우리를 위해서 할 수 있는 모든 것을 다하고 있다는 사실을 우리는 알아요. 그나마 우리가 위안을 삼는 것은 당신이 우리의 편의를 위해 시도 때도 없이 서류를 들추고 있다는 사실이에요. 하지만 다시 한번 부탁할게요. 우리는 2주 안에 출발하지 않으면 집으로 돌아갈 비행기를 놓칠 사람들이 있어요. 그러니까 조금만 더 노력해 주세요. 에릭, 부탁해요. 우리는 당신에게만 의지하고 있어요. 1퍼센트라도 우리가 도울 일이 있다면 언제든 말해 주세요.」

그러자 갑자기 남자의 피곤한 목소리는 보살핌이 필요한 아이처럼 바뀌었고, 그다음 날 우리는 출발할 날짜를 일주일 뒤로 받았다. 그 사람은 돈을 원한 게 아니었다. 그저 자기의 수고에 대한 인정이 필요했던 것이다. 결과와 무관하게 그 노고를 알고 있다는 말이 한 달과 일주일의 차이를 만들었다. 우리는 그것을 돈으로 대신하려 했다.

그런 인정은 파나마 운하 직원 에릭뿐만 아니라 배를 탄 우리에게도 결핍되어 있었다. 항해 생활이 아무리 육지에서의 삶보다 몇 배 축소된 모습일지라도 생략되면 안 되는 것이 있다. 그중 하나가 〈인정〉이다. 그것은 배 위에서 혹독한 외로움을 겪으며 느낀 것이었고, 어른으로서 나의 첫 가치관이 되었다. 아무리 극한 상황이라도 스스로가 소중하다는 사실 그리고 내가 소중한 만큼 상대방도 소중하다는 사실을 망각하면 안 된다.

항해를 통해 조개가 진주를 품듯이 내 마음속에 간직할 귀중한 선물을 발견했다. 그 선물은 〈우리 모두의 마음속에는 바다가 있다〉는 사실이다. 태평양 항해 후 내 삶을 돌이켜 보니 이미 몇 년 전 코르쇠르에서 나는 바다를 품고 있었고, 나의 삶은 이미 그것을 향하고 있었다. 그 후로도 삶이 피로해질 때면 Mr. C의 작은 바다를 떠올리며 마음의 안정을 찾았다. 보이는 게 바다뿐인 태평양에서도 그 정원 속 작은 바다를 그리워했다. 현재도, 과거에도, 무의식중에도 나는 마음속 바다를 향해 가고 있었다. 섬세하게 들여다보지 못한 나는 무식하게도 태평양 한가운데서야 그것을 깨달았다. 사람에게는 어떠한 지점 너머에 도달하고자 하는 본능이 있다. 그 〈너머〉가 지리적인 장소일지, 정신적 한계일지는 각자 다를 것이다. 사람들은 그곳에 도달하면 무언가 큰 발견을 하거나 성취감을 얻을 것으로 기대한다. 저 너머로 가면 덜 외로울 거야, 저 너머로 가면 더 강해질 거야, 저 너머로 가면 모험가가 되어 있을 거야. 하지만 그 〈너머〉인 바다는 그대로 아름답고, 그대로 품어야 하고, 그대로 즐기며 아껴야 하는 것일 뿐이다. 결국 우리가 풀고 싶었던 모든 문제와 그 해결책은 우리 안에 있다. 그 사실은 태평양 한가운데까지 가서야 알 수 있었지만, 정답은 이미 내 안에 있었다.

우리는 모두 각자의 마음에 바다 같은 인생을, 인생을 품은 바다를 가지고 있다. 그 바다로 언제 어떻게 항해를 할지는 당신 외에 어느 누구도 말할 자격이 없다. 마음속 바다의 선장은 오로지 당신뿐이며, 제 마음대로 불어닥치는 바람 속의 항로는 당신만이 정할 수 있다.

자, 캡틴. 이제 당신은 어디로 향하겠는가?

부산항 바다가 좋아서

Sail to me

무심한 바다가 좋아서

스트리트 포토그래퍼 임수민의 태평양 항해 일기

미메시스+

photographs

그후

photographs

〜〜〜

그 후

1

대한민국 부산에 발을 딛은 순간, 5개월 만에 처음으로 멀미를 했는데 말로만 듣던 육지 멀미였다. 다리는 땅에 박힌 듯 움직일 생각을 하지 않았지만 상반신은 힘이 풀려 다리를 중심으로 양옆과 앞뒤로 흔들렸다. 머리도 가벼워 날아갈 것만 같았는데, 땅에 붙은 나의 몸에서부터 무언가가 도망치려는 기분이었다.

가족은 부다페스트에 있었기 때문에 부산항에서 나를 맞이해줄 사람은 아무도 없었다. 내 모험이 실패했다고 스스로 정의 내렸기에 사실 환영을 받고 싶지 않았다. 혼자 조용히 익숙한 곳으로 돌아가 스스로를 위로하고 싶었을 뿐.

겨우 땅에 내렸을 때 잠깐씩 배를 탔던 사람들이 마중 나왔는

데, 익숙한 얼굴들이 반겨 주니 아무래도 기뻤다. 그날 저녁 함께 항해를 했던 모두가 다시 함께 술을 마시고 이야기를 나눴다. 나는 그다음 날 바로 서울로 돌아왔다. 5개월 동안 나의 짐을 끌고 떠나기 전에 신세 지던 이모 댁으로 갔다. 이모부는 아껴 둔 샴페인을 꺼냈고 우리는 한동안 이야기를 했다. 이모부는 나를 기특해하셨다. 젊었을 때 항해를 해보고 싶으셨다며, 〈너는 대단한 경험을 한 거야〉라고 마음에 박히도록 묵직한 칭찬을 해주셨다. 역시 가족은 좋다는 것을 느끼며 식사를 하고 짐을 끌고 2층으로 올라왔다.

떠나기 전에 쓰던 방에는 내가 두고 간 겨울옷들이 걸려 있었다. 그것들을 보자마자 서럽게 눈물이 터져 나왔다. 나는 너무 거칠게 변했고 또 동시에 서투른 모습 그대로였다. 무언가 잘못되었다는 생각이 명치에서부터 올라와 눈물로 흘러내렸다.

2

다음 날 홍대에 있는 암실로 향했다. 그곳에서 매일 필름을 현상했다. 건물에 반사되어 내리쬐는 조심스러운 햇빛이 나름대로 좋았다. 태평양에서 그토록 원하던 시원한 카페에 앉아서 다리를 꼬고 밀크 티를 마시며 책을 읽는 것 또한 도착하고 일주일 안에 실행했다(생각보다 빠르게 지루해졌다). 사람들이 나의 검은 피부를 보면서 느낀 생소함에 비해 나는 이질감 없이 도시에 빠르게 적응했다.

나의 진짜 모험은 5개월의 항해가 끝난 후 그동안 찍은 94롤의 필름을 현상하면서 비로소 시작되었다.

첫 롤을 펼쳤을 때는 무인도를 처음 봤을 때보다도 더 짜릿했다. 암실 속에서 다시 나만의 항해를 했다. 아, 이런 것들을 보고 왔

구나. 우리는 이토록 기쁘고도 또 힘들었구나. 아, 정말 우리의 여름은 찬란했구나. 사진에는 우리들의 항해가 정말 솔직하게 담겨 있었다. 내 외로움, 다른 크루의 무료함, 어떤 크루의 급박함.

모험을 하던 중에는 혼란스럽고 신경 쓸 것들이 많아서 제대로 보지 못했지만 일상으로 돌아와 다시 모험을 하니 이제야 모든 것이 보였다. 사실 그때 우리는 모두 외롭고 힘들었다. 하지만 우리는 싫어도 지쳐도 함께였다. 미우면 등 돌리는 그런 아쉬움 없는 관계들의 연속인 도시에서 벗어난 그곳에서 우리는 언제나 함께였다.

섬에 도착하면 모두가 똑같이 기쁘게 날뛰었고 우리가 한 요리는 역시 모두 똑같이 타거나 싱겁거나 짜거나 맛이 없었다. 그래도 우리는 웃었고, 뒤처지는 누군가가 있으면 기다렸다.

파나마, 셸터 베이 마리나.
땀을 뻘뻘 흘리고 덥다고
불평하면서도 알 수 없는 이
공놀이는 매일 이어졌는데,
그 이유는 전날에 진 사람이
다음 날에 이긴 사람에게
다시 한 판 하자고 요청하기
때문이다.

동생들 기다리는 동안

마리아에게 이별을 고했다.

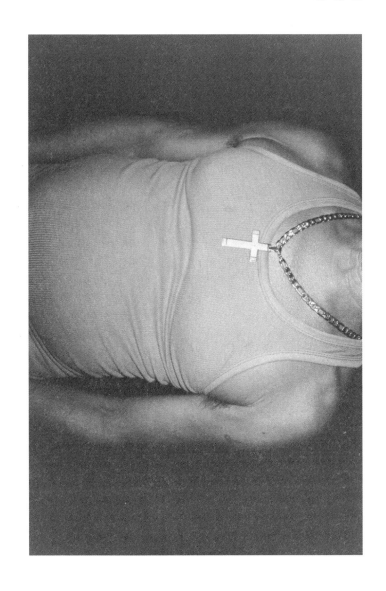

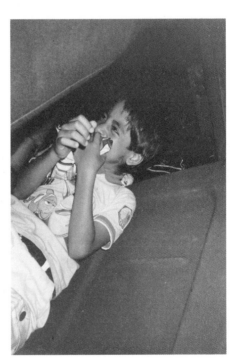

캐나마에서의 마지막 밤.

도시로 나와 택시를 타고 이웃집 초인
종을 다시 눌렀는데, 갑자기 기침 소리가
들렸다. 뒤를 돌아보니 운전기사의 두
아들이 트렁크에 누워 있었다. 둘은
좀처럼 앉는 모양이었다. 둘은 동화
그 속에서 엄마나 다양한 사람의
이야기를 듣고 목적지를 볼까. 이것
또한 그들의 모험이라고 생각했다.

파나마 운하 건너기를
기다리는 동안 무료함에
빠져 있었다. 그때 나를
좌절시킨 브리지 군단
할머니들의 여유로운
모습.

파나마 운하. 운하를 건널 때는 항상
운하 요원들과 함께 힘을 맞춰야 한다.
저 위의 줄과 배가 연결되어 있었다.

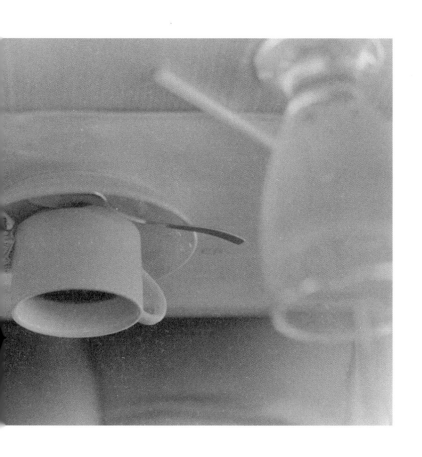

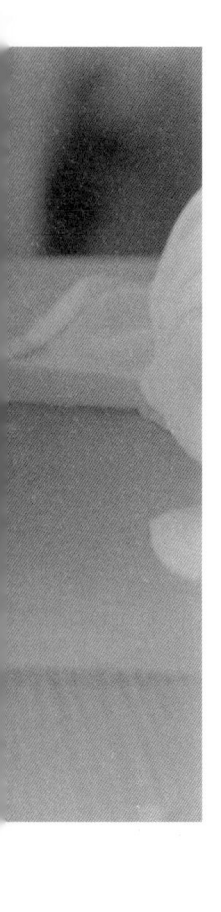

운하를 먼저 통과한 아라파니를
보기 위해 우리도 구경꾼 틈에
끼었다. 우리가 고용한 택시 기사도
함께였는데 모두가 운하를 건너는
요트를 지켜보았지만 그는 이런
것이 익숙하다는 듯 뜨거운 커피를
음미하고 있었다.

배구를 한다.

운동하는 동물이 달릴 때마다 사람들이

운동을 간다는 이야기이다(7강조체).

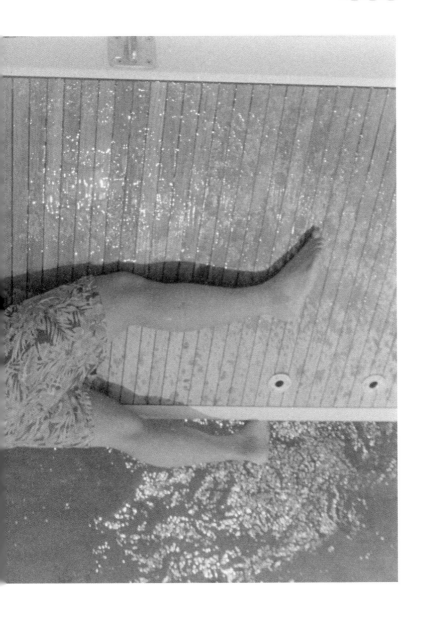

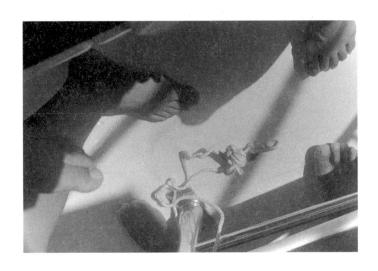

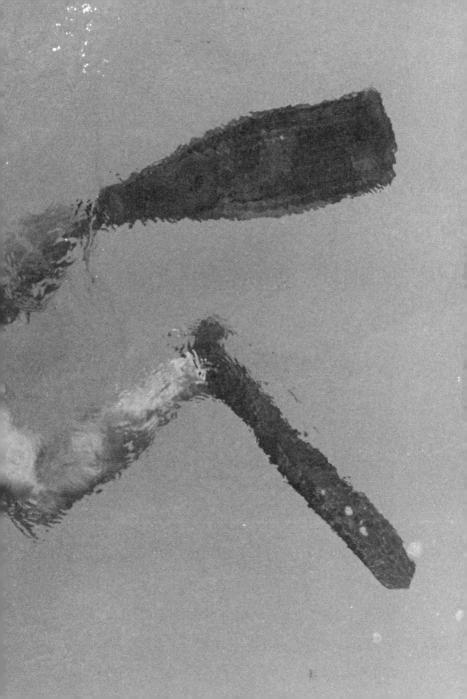

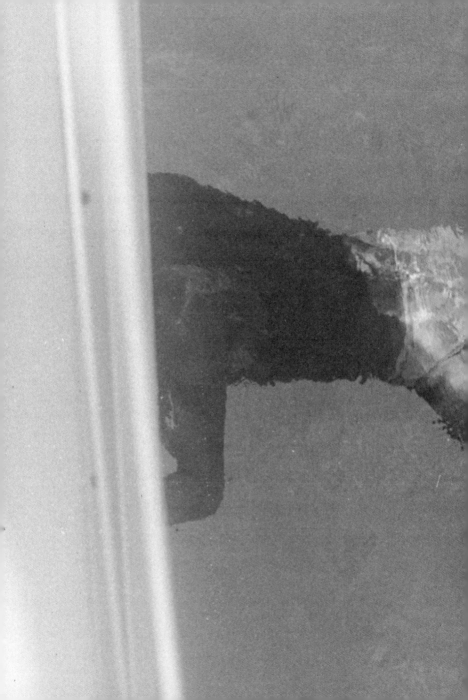

알뜰한 YOON은

비가 오면 쓰레받기로

빗물을 담아 물탱크를

채우기에 바쁘다.

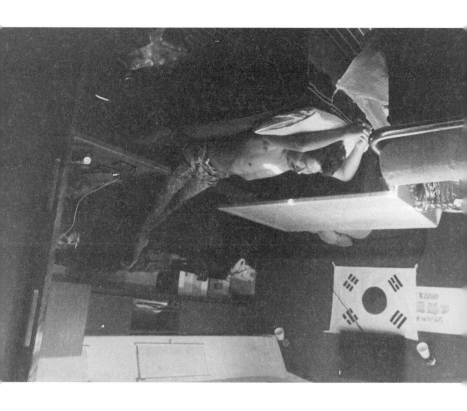

항해하는 도중에는 삐거덕거리는
문을 고치는 등 이런저런 잡일을
한다. 육지에서는 귀찮은 일들이
항해 도중에는 재미난 일거리가 된다.

옆에는 우리의 애완새 알프레도.

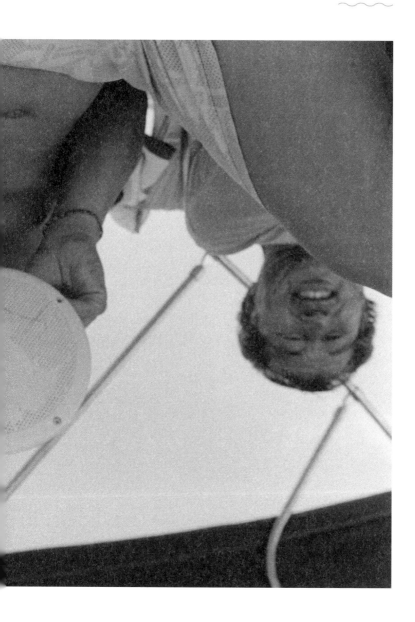

페트병 뚜껑에 구멍을 뚫어 샤워기를 만든
YOON이 Y에게 물을 뿌려 준다.

생태 동네
숲은해바라기 표준이다

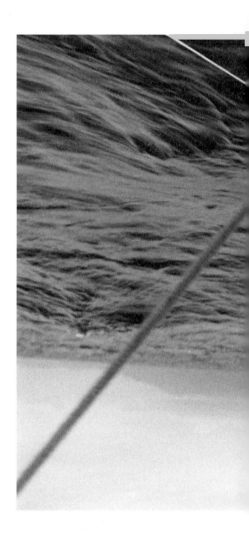

누쿠히바에서 재회한 CHAE.

누쿠히바에서 물을
채우는 중. 배의 물탱크가
콧구멍이라면 코딱지만 한
이 병들에 물을 채워 수십
번을 날랐다.

뙤약볕 아래서 노동을 하는데
하얀 꽃만이 내 눈에 들어왔다.

누구에게 인가 구체적인 배우는리
원이 아니라결 기 태어로 제품은
지원하고 있었다.

터미네이터2의 〈꿈의 치료〉는 영화에서

지하철에 앉는 장소에 있는이

디저트이며이다.

연료가 떨어져 급하게 들렀던
타비아우에이에서 우린 과연
기름을 찾을 수 있을까 걱정했다.
뜨거운 태양 아래 누워 있는
기름통들이 위험해 보였지만,
그래도, 구할 수 있었다!

타비아우에아 다리에서 마중하는 아이들과
내가 사랑한다며 이름을 외치자 자지러진
남자아이들.

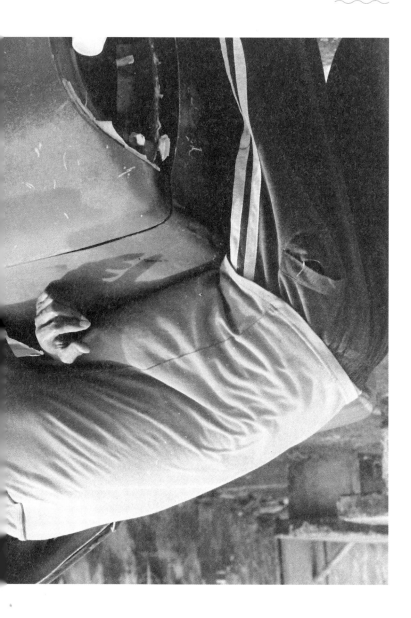

용해되어 그려졌던 흔적이 양각이
되어 마름처럼 돋고, 더 기억하고 싶지
다 새기어 더 자세히 묘했다.

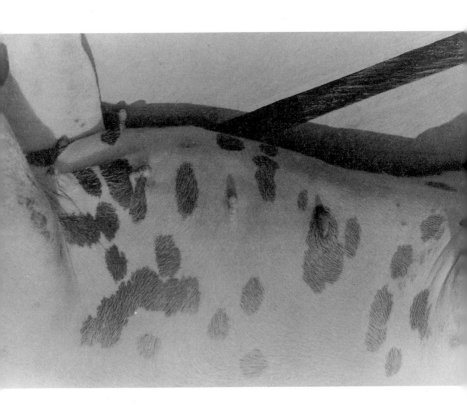

모두가 외면하고
있지만, 모두의
마음속을 꽉 채운
마지막 초콜릿
쿠키 박스.

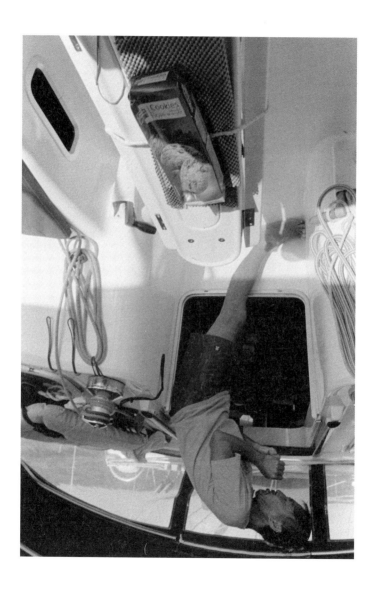

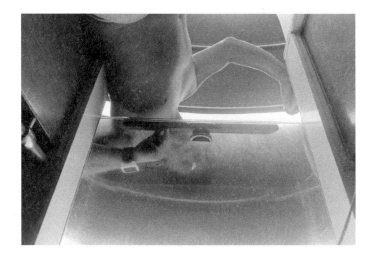

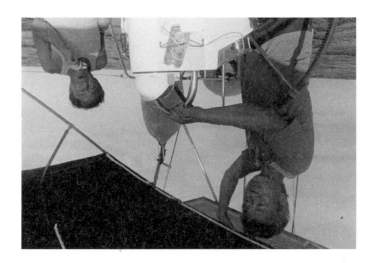

사공이 많으면
배가 산으로 간다.

3미터 정도 되어 보이는
파도가 뒤에서 아라파니를
밀고 있다.

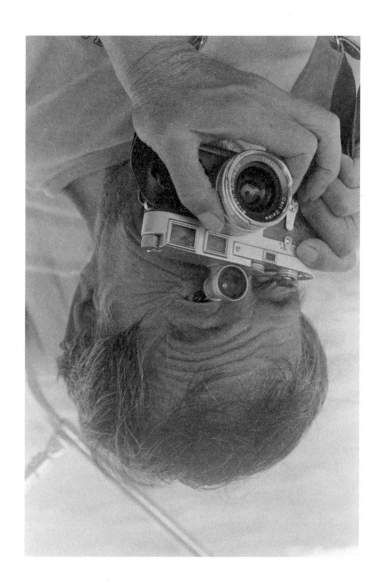

용기를 타고
바람을 수직으로
올랐다

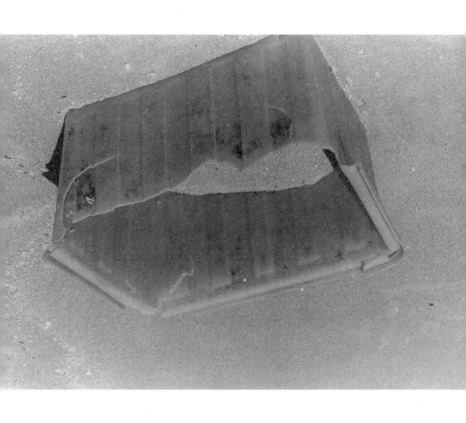

무인도라고는 하지만
인간의 잔해들이 보여
신비로움이라고는 없다.

JUN.
여자 집게를 잡고 있는

상에서도 마음 것(?)운 사진

무인도에서도
향으로 벌레를
꽃드는 고.

하늘 전체를 덮으며 지구
반대편으로 내려가는
태양이 무시무시했다.
마치 불난리가 난 숲처럼
아름답고 잔인하고 무서운
하늘이었다.

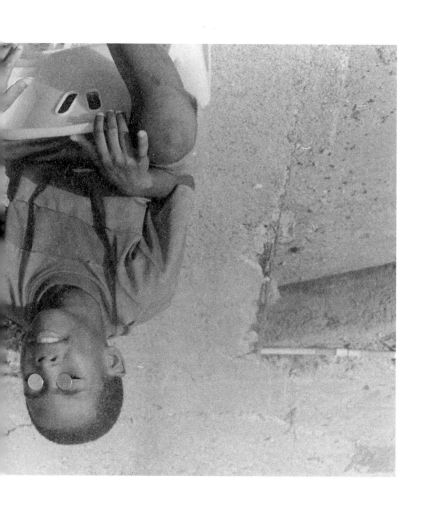

육지에 내리면 아이들을 찾게 된다.
이 세상에 보호해야 할 만큼 소중한
것이 있다는 것을 확인시켜 준다.

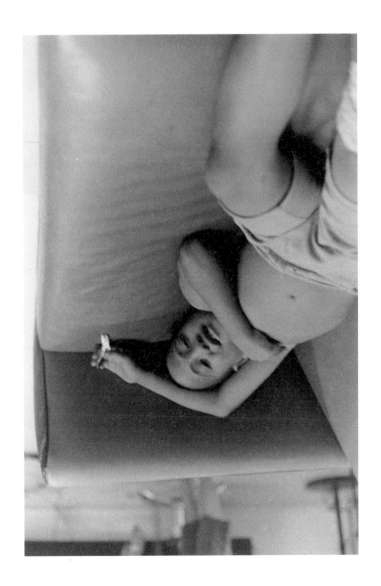

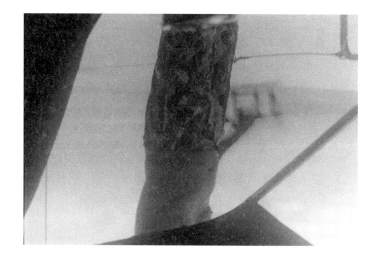

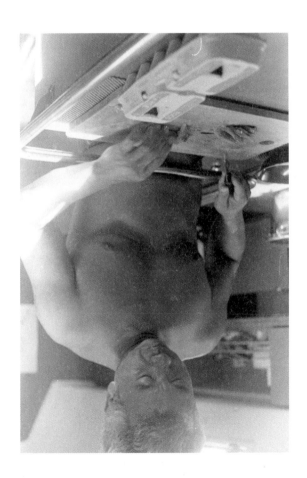

청새치 낚기 하였던 모습.

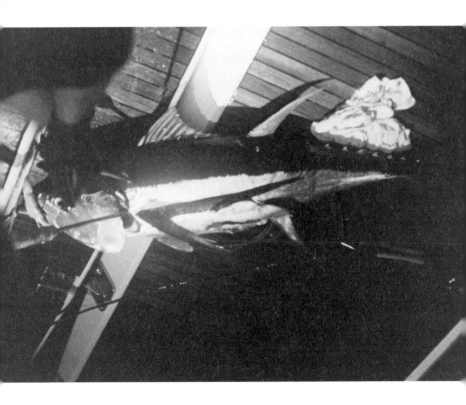

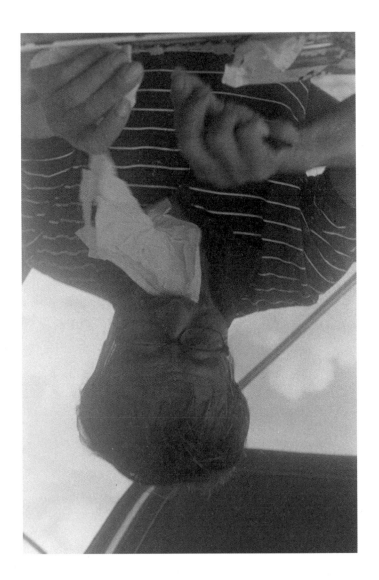

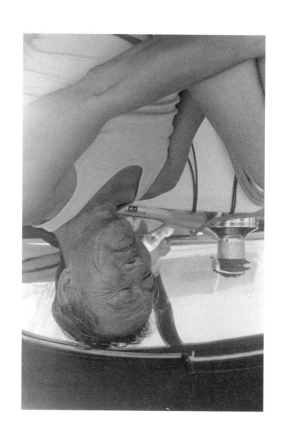

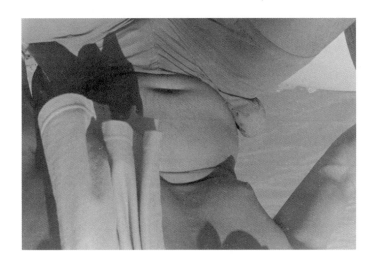

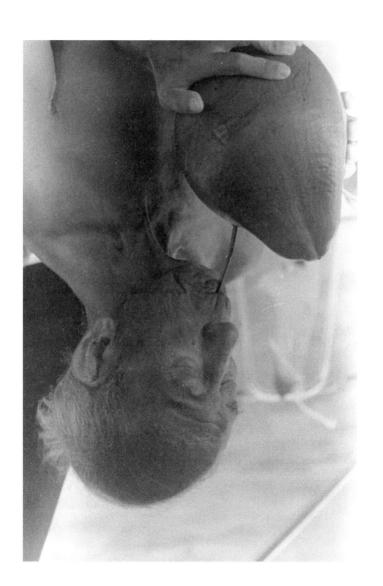

운고들!
기러운
배롱
아저씨

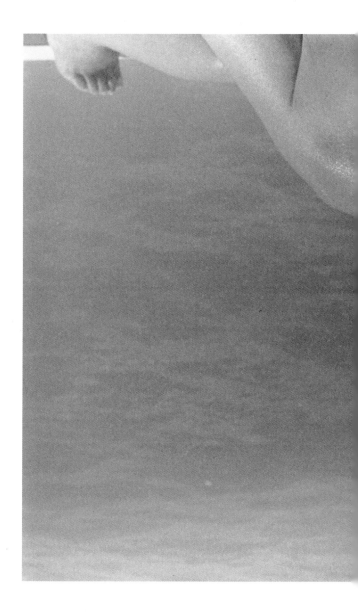

출항 치기를 탐닉하는
요트에 열쇠를 채우고 있다.
성해가 그리운 요트다.

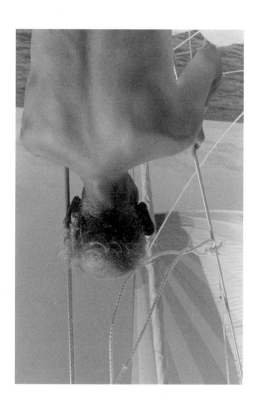

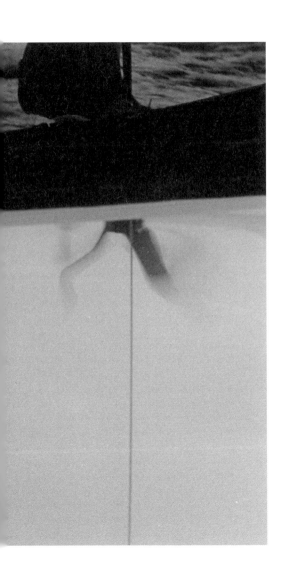

YOON의 숲에 걸린달
동장군 생물.

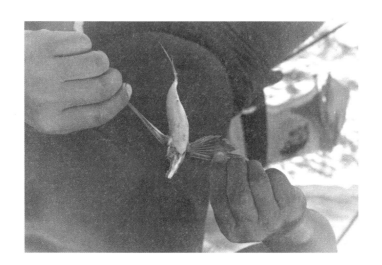

내 기억 속의
나를 성장시키게
했던 곳
YOON.

폰페이에 가기 전 들린 코스라에에서 4개월 만에
혼자서 처음으로 외출했다. 캡틴킴의 지시로 기름을
구하러 나갔는데, 심부름이 그렇게 반가울 수가
없었다. 단체의 먼지가 아닌, 독립적인 나로서
섬사람들(택시 기사와 기름집 주인)과 대화했다.

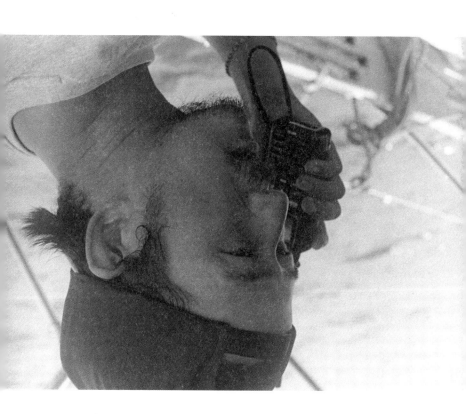

수정으로
엄마가리게
성룡형 타고이
1월 상장 JUN.

마지막 계절 동안 안에
녹인 매일 외면없이 치려왔던
창장이 줄문.

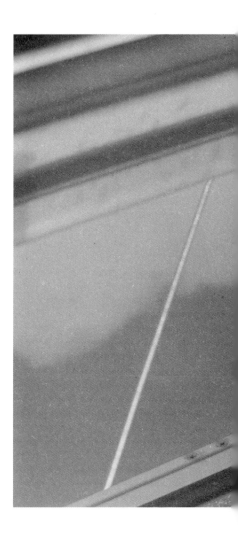

카메라를 배에 올려놓고
타이머로 찍은 사진. 배가 흔들려
뒤의 수평선이 기울었는데, 마치
나의 마음과도 같았다. 암실에서
이 사진을 발견했을 때 한참을
울었다. 전시장에 걸었을 때
엄마는 나를 알아보지 못했다.

3

~~~

태평양 한가운데 정오의 태양에 비할 것은 아니었지만, 서울의 한 여름도 꽤나 더웠다. 아직은 그 어떤 도시보다도 빠른 서울의 속도 속에 혼자 떠다니고 있었고, 항해하며 틈틈이 일기를 쓰던 습관이 몸에 익어서 버스를 기다리면서도 종이 쪼가리에 내 생각을 끄적끄적했다. 어디선가 나를 부르는 소리가 들려 쳐다보니 동네 친구 J였다. 반가워하며 인사하니 J가 말했다.

「파란색은 죽고 빨간색은 아직 살아 있어.」

「무슨 말을 하는 거야?」

「너가 주고 간 물고기, 파란색은 죽고 빨간색은 아직 살아 있어.」

한참을 생각하고야 J가 무슨 말을 하는지 알 수 있었다. 태평양에서 그렇게 궁금했던 두 물고기의 안부를 듣고서도 어리둥절하다니……. 나는 여러 삶을 단편적으로 사는 것 같다. 대학교를 다니던 나, 아프리카를 다녀온 나, 우사단 길에서 혼자 살던 나, 태평양을 다녀온 나. 어딘가에 연결 고리가 있을 텐데, 아직은 끊어져 흩어져 버린 나의 여러 모습 같다. 마치 전생에서의 내 일부를 발견한 것 같이 그 소식을 접했다. 당분간 살아 있는 것은 키우지 않겠다는 결심을 하면서 말이다.

4

~~~~~

부산에 도착하기 전 우리는 나가사키에 들렀다. 항구에 정박했을 때 어떤 나이 든 일본인 아저씨가 우리를 반겼다. 우리 배의 태극기를 보고 찾아온 그는 재일 교포 삼세에 큰 부자였다. 항상 한국을 마음에 품고 산다는 그는 온천이 딸린 자기 소유의 호텔에 우리 모두를 초대해서 재워 주고 씻겨 주고 먹여 주었다. 훌렁훌렁 벗겨질 것만 같은 유카타를 입은 채 젓가락을 한 번만 놀려도 금방 없어지는 소량의 고급 음식들로 대접받았다. 캡틴킴과 대화하던 아저씨의 눈에 내가 띄었다. 그분은 한국어를 몰랐고 나는 일본어를 몰라 우리는 캡틴킴의 통역으로 대화했다.

　「요트를 한 번도 타본 적이 없는 사람이 어떻게 태평양을 건널

생각을 했나요?」

「모르는 게 힘이라고, 그저 몰라서 건넜습니다.」

「당신은 무서운 사람입니다!」

허허 웃으면서 아저씨가 대답했다.

「태평양에서 무엇을 얻었습니까?」

「보름달을 실컷 보고 왔어요. 보름달이 사라졌을 때는 달이 얼마나 밝은지 깨달았고, 보름달이 떴을 때는 밤하늘이 얼마나 어두운지 깨달았어요.」

「부모님이 굉장히 걱정했을 것 같군요. 당신은 무서운 사람입니다!」

저녁 식사 이후 고급 호텔의 위스키 바에 캡틴킴과 YOON 그리고 나도 함께 초대되었다. 위스키를 좋아해 말이 통하지 않아도 상관없다고 생각하며 신나서 따라갔다. 묵직한 나무 의자, 반쯤 꺼지는 쿠션으로 된 소파, 위스키 색만큼이나 어두운 바의 내부, 넥타이를 맨 정중하고 깔끔한 바텐더에 둘러싸이니 내가 다시 소중해지는 기분이었다. 위스키 잔의 얼음을 돌리며 즐기고 있었는데 또다시 캡틴킴의 입을 통해 재일 교포 아저씨가 말했다.

「요트를 그만두지 말고 계속 타보세요. 나도 처음에는 20피트 배를 샀지만, 일곱 번 정도 팔고 사서 결국 지금의 50피트 배를 샀어요. 총 13년 정도가 걸린 것 같네요. 태평양을 건너 봤으니 다른

바다도 꼭 건너 보세요.」

요트에 질릴 만큼 질린 탓에 속으로 〈퍽이나 다시 타겠다〉 생각하며 뜨겁게 넘어가는 차가운 위스키를 삼켰다. 하지만 인생이란 참 어느 방향으로 굴러갈지 모르는 팽이 같다. 재일 교포 아저씨에게 말한 것처럼 나는 몰랐기 때문에 태평양을 건넜다. 〈모르는 사람들과 5개월 동안 요트를 타며 태평양을 건너는 것〉을 선언하자 사람들은 바다가 얼마나 위험한데, 사람이 얼마나 위험한데, 멀미하면 어떡하니, 외로우면 어떡해, 몸은 어떻게 씻어 등등 일리 있는 걱정을 하며 나를 말렸다. 하지만 오로지 〈다른 누군가도 하는 것인데 나라고 왜 못하겠느냐〉며 떠난 것이다. 자신감도 아니고 용기도 아니다. 단순함이었다.

나는 지금 캘리포니아 로스앤젤레스의 어느 카페에 앉아 있다. 나만의 배를 사기 위해 몇 개월 동안 후원금을 모아 왔다. 처음 계획했던 비용의 눈꼽만큼도 안 되는 액수이지만, 그래도 배를 살 수 있었고 여기까지 오게 되었다. 나만의 배로, 나만의 실수와 나만의 선택을 통해 나만의 항로를 항해하려고 한다.

이번 항해의 필수 준비물은 세 가지다. 인정의 말, 거울 그리고 일기. 스스로에게 그리고 함께 항해를 할 사람에게 감사함을 아끼지 않을 것이다. 그리고 하루에 세 번 거울을 보며 스스로의 얼굴도 잊지 않을 것이다. 매일을 기록하겠다는 강박은 금지! 하지만 남들

에게 알려 주고 싶을 만한 자연의 순간을 마주했을 때 마음껏 적어 내려가고 그릴 수 있는 펜과 일기장은 꼭 있어야 한다.

아무런 방해도 받지 않은 안정되고 고요한 상태에서 듣는 바다 소리는 과연 어떨지 아직은 상상되지 않는다. 조금만 더 있으면 평생토록 그리고 죽는 순간까지 마음속에 담길 그 소리를 들을 수 있을 것이다. 그것을 위해, 그럼에도 불구하고, 나는 지금 여기에 있다.

태평양에서 바다를 적실 만큼
울었던 눈물의 실패기는 이쯤에서
끝내고, 지금부터는 180도 송두리째
뒤집힌 항해 후의 이야기를 하려고
한다. 책을 덮고 위아래로 뒤집어
뒤표지라고 생각했던 앞표지를
열면 전혀 다르지만 분명히 연결된
이후의 이야기가 나올 것이다.
여짤어질했던 나의 복귀를 느껴
보시길……